Thérèse CIGNA

FSC
www.fsc.org
MIXTE
Papier issu
de sources
responsables
Paper from
responsible sources
FSC® C105338

© 2025 Chat Madame
Édition : BoD · Books on Demand,
31 avenue Saint-Rémy, 57600 Forbach,
bod@bod.fr
Impression : Libri Plureos GmbH,
Friedensallee 273, 22763 Hamburg
(Allemagne)
ISBN : 978-2-3225-5721-9
Dépôt légal : Avril 2025

Ne jamais faire confiance

aux vivants

Nouvelles

C'est seulement quand tu ouvres la boîte que tu sais ce qu'il y a dedans.

Pandore

Quand le bonheur est insupportable,
la souffrance apporte un soulagement.

Boris Cyrulnik

Wolf

Je ne sais pas par quel hasard, un matin, Madame me sollicita. Elle se décidait enfin à me consulter. Sans doute, venait-elle de capter que j'étais le seul à pouvoir donner des réponses concrètes, efficaces, et qu'elle ne perdrait désormais plus de temps à geindre avec ses : « Je suis au bout de ma vie ».

Elle n'avait pas entièrement tort.

Elle m'interrogea donc, pour me demander ce qui clochait chez elle, et comment elle pouvait remédier à un « very bad » karma.

Pendant des années, je l'avais ménagée, mais ce jour-là, à bout de patience, j'avais l'intention de ne pas y aller avec le dos de la cuillère. Sans ambages, je lui balancerais tout. Elle pourrait en faire ce qu'elle voudrait, mais au moins, je ne culpabiliserais plus d'avoir laissé faire les choses sans intervenir.

Entre deux sanglots, et sa tristesse difficile à déglutir, j'avais deviné en effet, que le mail qu'elle venait de recevoir, était de mauvais augure. Un courriel type de ChatGPT résumait en quelques lignes, que son tapuscrit ne correspondait pas à la ligne éditoriale de la maison d'édition. Décryptage subliminal : « Bon vent dans tes recherches ma belle. Nous on n'en veut pas ».

Calmement, elle se plaça au-dessus d'un cercle tracé sur une feuille blanche, en me serrant si fort dans sa main, que moi, son « pendule », je faillis m'étouffer. Puis, elle osa me poser la question fatidique, qui une bonne fois pour toute, mettrait un terme à toute cette mascarade.

La question qui tue :

— Dois-je arrêter d'écrire et me consacrer mon temps à autre chose ? Réponds-moi par un mouvement circulaire dans le sens des aiguilles d'une montre pour un : oui, et dans le sens inverse pour un non, et un balancement pour : je ne sais pas.

Elle attendait une réponse de ma part, les yeux rivés sur mon mouvement circulaire. Soudain, elle parut comme hypnotisée.

— Quoi ! Faut que j'arrête ?! Faut que je me mette au tricot… M'inscrire dans un club de tarot ?

Énervée, elle s'acharna sur moi comme une hystérique.

— Impossible ! Ce que tu me demandes est au-dessus de mes forces ! Tu comprends, c'est toute ma vie. Plutôt mourir !

Alors que je continuais à tourner énergiquement de nouveau dans le même sens, elle ajouta :

— Quoi ? Tu souhaites ma mort ! Tu n'as pas honte ! Au lieu de me soutenir et de me consoler, tu m'enterres vivante, sans aucune pitié.

Stop. Arrêt au point central. Aussitôt, elle me fracassa sur la table, en frappant trois coups, comme si c'était à moi de faire entrer ses propos dans mon crâne. Par chance, la topaze bleue n'avait pas cédé à sa crise. Par contre, la pointe éjectée, l'avait piquée sur la joue. Elle n'avait qu'à me laisser tranquille :

« Qui cherche me trouve. Premier avertissement : si tu récidives, la prochaine fois, je vise l'œil ».

Peu à peu, Theci se calma.

Theci, c'est celle dont je suis en train de raconter l'histoire. Je la connaissais mieux que quiconque, et sûrement mieux qu'elle-même. Je l'avais vu naître, grandir, j'avais écouté ses demandes en essayant de satisfaire ses moindres désirs. Je l'aimais bien. Je la trouvais attachante. Depuis, je la trouve attachiante. Les années ayant pris le dessus, ce n'était plus cool pour moi.

Elle avait passé un accord avec moi en m'autorisant 90% d'erreur et 10% pour le bénéfice du doute. Franchement, j'étais bien loin des statistiques. J'avais été catégorique : non ! Pas compliqué à comprendre.

Elle n'avait qu'une interprétation personnelle de ma pensée, et non la vérité absolue. La probabilité qu'elle pouvait encore rater sa vie ne tenait qu'à elle. J'étais le libre arbitre. Je n'avais aucun pouvoir sur ses décisions. Je lui donnais la possibilité de ne pas écouter, elle avait le choix.

« Pauvre gourde, c'est toi qui décides. Pas moi. »

Finalement, au bout de quelques minutes, elle s'excusa de m'avoir malmené. Pourtant, je lui avais fait une auréole sur la joue, et j'avais bien envie de la lui laisser un bon bout de temps, pour lui rappeler qu'on ne joue pas avec moi.

Elle traça alors, un autre cercle entouré des lettres de l'alphabet, pour me demander une dernière requête. Elle voulait savoir ce qu'elle devait faire. Elle mit plus d'une heure pour décoder mon message, lettre par lettre, en laissant échapper un gros soupir, comme si l'effort venait d'elle. Elle recopia sur un papier chaque consonne et voyelle, de peur d'en perdre en cours de route.

Elle lut à voix haute, la phrase :

« Écris une vraie histoire ».

Effondrée, elle s'avachit sur son siège de bureau, et dans une respiration profonde, chuchota :

« Si ce crétin n'est pas fichu de me répondre correctement, avec un peu de chance, quelqu'un d'autre trouvera une solution plutôt que celle de me jeter du premier étage, et de me ridiculiser à jamais ».

Elle ignorait que moi aussi, j'avais des oreilles.

Une fois terminé, elle se releva en saisissant le papier, et le relut une deuxième fois pour se convaincre.

— C'est quoi une vraie histoire ? Si c'était toi, quel roman écrirais-tu ? Quel serait le sujet qui plairait et intéresserait tes lecteurs ?

Je ne voulais pas la laisser dans ses incertitudes.

Alors, d'un regard médusé, elle se mit à déchiffrer mon message : « Mon histoire ».

— Ton histoire ! répéta-t-elle.

Elle ne comprenait pas vite.

C'était la « vieillerie » ou quoi ?

— Tu insinues que j'écris n'importe quoi ! J'ai déjà écrit un bide, croyant que la vie d'un couturier plairait, je n'ai pas fait un tirage exceptionnel. Loin s'en faut, il n'y a jamais eu foule pour mes séances de dédicace. Tout ça, pour moi, c'est du réchauffé. Alors, tes conseils tu peux te les garder !

En fait elle espérait une autre réponse, mais plus aucun signe ostentatoire ne vint. Devant mon mutisme, dubitative, elle conclut :

— Ok ! Une vraie histoire, la tienne. Eh bien vas-y, écris-là !

Si elle voulait que je « lui ponde un truc bien », elle devait s'armer de patience. Comme j'avais malgré tout très envie de vivre cette expérience avec elle. Je pris la décision de la voir régulièrement.

Ainsi, d'un commun accord, tous les matins, sans relâche, nous nous retrouvions à 3 h 33. Theci retranscrivait sur un cahier tout ce que je lui dictais. Au bout de six mois passés ensemble, elle put enfin découvrir mon récit :

« Je suis né le 27 janvier 1756 à Salzbourg, comme Mozart. Normal, j'étais son jumeau. Amadeus était le chouchou de mon père. Moi, on m'avait relégué au second plan. Pourtant, c'était moi qui composais comme un Dieu, et c'était lui qu'on acclamait. Notre père ne portait guère d'intérêt à ma petite personne. Sans ambiguïté, le génie c'était moi. Et il le savait. Pourtant, sa préférence était pour Amadeus. Il s'acharnait à faire de mon frère un musicien hors pair. Tandis que moi, je n'avais aucun effort à faire, ça venait tout seul.

Mon père avait décidé de faire mon éducation auprès d'un ami, le moine Stadler. Un grand monsieur. Je lui dois tout. Il s'était occupé de moi comme d'un vrai père. J'étais bien. Pas de conflit, pas de jalousie. Stadler, avait du temps à me consacrer, et il désirait que je me produise aussi à la cour du roi. Petit bémol, il n'y avait qu'un fauteuil pour deux, et la place était très convoitée. Je me suis retrouvé sur un fauteuil éjectable et je n'ai pas fait le poids.

Je m'appelle William, je sais, c'est très banal. Pour s'amuser mon père m'avait affublé d'un surnom : Wil. Je détestais. On aurait dit qu'il prenait un malin plaisir à m'humilier. Alors Stadler, lui, avait trouvé un compromis. Il était convaincu que j'étais très doué et que je méritais d'être Mozart, alors, il m'avait surnommé Wolf. J'avais trouvé ce sobriquet très sympathique et depuis ce jour, c'est comme ça qu'on m'a appelé. Je ne répondais qu'à ce nom, en oubliant le William que j'étais. Wolf éveillait la partie animale qui sommeillait en moi. Stadler m'apprenait le clavecin. J'aimais le son cristallin qui s'en échappait, il m'envoûtait. Je n'avais pas besoin de partition, il me suffisait d'entendre, et je reproduisais exactement ce que j'avais entendu. J'avais l'oreille absolue. J'aimais cet homme. Il était fabuleux. Il faisait partie des personnalités les plus importantes de Vienne. Partout où Stadler allait, j'étais à ses côtés. J'étais son « fils ». D'autres, pour se moquer, me surnommaient Wolf, le toutou de Stadler. Je m'en fichais. J'étais aux petits oignons.

Finalement, mon père avait fini par oublier qu'il avait un deuxième fils, et je n'ai pas été plus affecté que ça. La seule rage que j'ai gardée ad vitae aeternam, était que, c'était mon frère qui jouait ma musique, Stadler, lui, recopiait les partitions et les lui expédiait. Je crois qu'il l'aimait beaucoup aussi. D'ailleurs, il ne se gênait pas pour l'encourager et l'aider. Il me disait que je n'étais pas né pour être connu, même si j'avais un énorme potentiel et une prédisposition pour la musique. Il affirmait mordicus que le succès ne pouvait pas être partagé, et que par déduction logique, Wolfgang étant sorti le premier du ventre de ma mère, c'était lui qui récoltait les lauriers. Il m'avait fait un sermon : nous étions comme Jacob et Esaü, l'un avait eu le droit d'aînesse, et pas l'autre. Dieu en avait décidé ainsi. J'étais la moitié de mon frère. Lui, c'était la parole. Il n'était que mon interprète, et je devais le percevoir non pas comme de la frustration, mais plutôt comme un privilège, car, disait-il, ma gloire n'en serait que plus grande.

Devinette : lequel des deux était le vrai Mozart ?

Sur le coup, je n'avais pas saisi toute la logique, mais ça ne changeait rien dans ma vie, hormis, que je n'étais que le musicien de l'ombre, que c'était mon abruti de frère qu'on mettait en lumière, parce que le destin en avait décidé ainsi. Je n'avais pas cherché à avoir plus d'explications, même auprès de ma mère, qui m'avait conseillé de passer à autre chose, et d'apprécier ce que j'avais. L'éloignement de ma famille, avait fait de ma mère, de Wolfgang et de Anna Maria ma sœur, des étrangers.

J'ai continué à composer pour mon toquard de frère, et en retour, j'étais grassement payé pour le prix du silence. J'ai bien vécu jusqu'à la trente-cinquième année de Wolfgang, date de son décès où j'ai été libéré des chaînes qui nous liaient. J'étais l'homme le plus heureux de la Terre.

J'ai quitté l'Autriche pour m'installer à Paris. Profitant de sa mort pour prendre ma revanche, je contais à la cour les exploits et frivolités de mon frère. Grâce à mes pitreries, je pouvais présenter mes œuvres. J'étais devenu très célèbre. Ma renommée avait dépassé mes espérances.

Stadler était fier de moi. Il m'écrivait beaucoup, et nous avions échangé ainsi jusqu'à sa mort. Peu de temps après, le chagrin devenu insupportable, je l'ai suivi dans la mort, rassasié de vie. J'avais une dette éternelle envers lui ».

Dès la seconde où je terminais ma narration, Mièle, la chatte de Theci, vint se frotter auprès de sa maîtresse pour valider mon histoire. Theci voyant cela comme un signe, s'empressa d'imprimer mon texte. Elle trouva l'adresse d'un éditeur qui semblait porter un intérêt à ma biographie. Sans tarder, elle quitta aussitôt le domicile avec mon texte dans une main, et sa chatte dans le dos.

Arrivée à la maison, Mièle s'empressa de me raconter ce qui c'était passé.

Brusquement, sur le chemin où Theci s'apprêtait à poster son tapuscrit, poussée par un vent de folie, elle avait modifié la trajectoire de sa destinée. Mièle, dans le sac à dos, consciente de la catastrophe imminente, avait manifesté de l'énervement en feulant très fort.

D'un geste désespéré, Theci, dans ses pensées obscures, avait jeté le roman, et avait tourné aussitôt les talons… La chatte d'un miaulement rauque, lui avait exprimé son désaccord. Obstinée, Theci ne l'avait pas écoutée.

— Des histoires comme celles-là, j'en ai déjà écrit, et ça n'a jamais marché, s'était-elle énervée en s'adressant à Mièle. Pas de quoi en faire un drame, ça ne vaut rien, ce n'est pas moi l'auteur de ce satané bouquin.

Je comprenais tout à coup que Theci m'en voulait. C'est vrai, elle avait passé six mois à écrire pour rien, et autant à relire et à corriger.

Soudain, très en colère, Elle s'adressa à moi :

— Tu m'as fait perdre tout ce temps pour pondre ce navet ! Je ne t'écouterai plus jamais ! Je viens de le jeter dans la benne à papier !

Une année s'écoula.

Un soir, Alors que Theci zappait toutes les chaînes de son téléviseur pour occuper ses jours d'ennui, son attention s'arrêta nette sur l'émission : « La grande librairie ». Le présentateur parlait d'une jeune femme qui avait écrit un bestseller : Wolf.

Comme un coup de masse sur la tête, Theci tomba à la renverse. Son geste impulsif d'avoir jeté son tapuscrit dans une poubelle, lui revenait à la mémoire. Le récit que la jeune écrivaine narrait, était la copie conforme de ce qu'elle avait rédigé.

Furieuse, Theci se précipita sur l'ordinateur de son bureau, pour chercher la copie du roman. Elle l'avait gardée. Quelle aubaine !

Elle se hâta de faire reconnaître l'authenticité de son œuvre, et de dénoncer cette vulgaire plagiaire. La presse se déchaîna sur elle, donnant plus de crédibilité à la jeune femme.

Personne ne crût à son histoire.

Theci n'était que l'auteure de l'ombre, et la jeune femme la parole, l'aboutissement du succès. Malheureusement, il n'y avait qu'un fauteuil pour deux, et la place était convoitée. Theci s'était assise sur le fauteuil éjectable. Elle n'avait pas fait le poids.

À partir de ce jour, Madame, ne me recontacta plus jamais. Désormais, allongé gentiment dans mon petit coffret en velours noir, j'ai enfin la paix.

Quel est le but de la mort ?

Celui d'aimer la vie.

Je l'ai compris plus tard.

Chut !

1

Peu de gens savent lutter avec rage pour réaliser leur rêve. Le mien, je l'ai laissé dormir dans un coin de ma tête, pour mettre des priorités dans ma vie : famille-métro-boulot-dodo.

Il faut être à bout pour comprendre le sens de la vie. Face à des situations extrêmes, l'être humain acquiert une certaine clairvoyance sur le but de son existence, qui n'est pas de souffrir et encore moins de mourir.

Nous sommes ici pour une continuité : prolonger la vie pour qu'elle ne s'éteigne jamais. Le plus beau dans le désespoir c'est quand arrive un événement inespéré, il vous aide à déglutir plus facilement votre misère.

Comme j'étais un Tamagotchi qui se nourrissait de la bêtise des autres, la vie m'a offert un *Regalo*.

2

Une envie irrésistible de fuir mon quotidien m'est alors venue. J'ai pris un moment de retraite pour méditer. Je me suis réfugiée dans mon petit coin de l'Isère, à Saint-Antoine-l'Abbaye, classé parmi les plus beaux villages de France.

Tous les ans, au printemps, J'ai l'habitude de m'y ressourcer. J'aime ce lieu, me promener dans les ruelles du prieuré et remonter ainsi les époques moyenâgeuses.

Chaque année, à la belle saison, des milliers de touristes y affluent. Pourtant, le jour de mon arrivée, un beau dimanche d'avril, l'abbaye de Saint-Antoine était déserte en raison de la Covid-19. Le village dormait.

Ce matin-là, à dix heures, j'avais rendez-vous avec le soleil. J'avais besoin de chaleur, de sentir ses rayons traverser mon corps ; mes os ; tout mon être ; mettre le feu dans mes veines. Je voulais réfléchir, me recentrer sur moi-même, qu'allais-je devenir ? Plus rien ne comptait, seul l'instant T.

Dans le jardin, levant la tête vers les monstrueuses gargouilles, j'avais le sentiment qu'elles me suivaient du regard. Désagréable sensation. Immobiles, elles étaient le mythe du passé transformées en statues de pierre pour effrayer les gens qui venaient se re… cueillir. Oui. Me ramasser au sol pour la dernière fois, l'endroit idéal pour rebondir avant le grand saut. Un ailleurs m'attendait.

L'abbatiale. J'y suis entrée par la grande porte. L'endroit est empreint d'histoire, d'énergies, de reliques, et du mal des ardents.

J'étais effectivement, dans un contexte idéal, seule, dans la nef humide, froide, ténébreuse, avec mon mal. Le soleil forçait son intrusion à travers les vitraux.

Machinalement, j'ai saisi un cierge, j'ai profité qu'un autre se consumait pour allumer le mien. Je me suis alors empressée d'invoquer le divin, bible en main, me donnant ainsi la possibilité d'avoir accès à ses voies impénétrables. C'était son œuvre. Si dans la noirceur de la pièce il ne me voyait pas, néanmoins, il reconnaîtrait l'œuvre de son doigt.

Bizarrement, j'ai eu comme une étrange sensation. Une main glaciale me caressait la joue. Je me suis retournée pour voir si quelqu'un passait près de moi, personne ! La main tremblante, je me suis cramponnée à la Bible. Tout à coup, une bise s'est infiltrée par une ouverture, soufflant sur les cierges qui se sont aussitôt éteints. Seul le mien brûlait. J'avais de plus en plus froid. L'anxiété m'ankylosait. J'ai bien tenté d'appeler... J'ai senti cette main invisible plaquée sur ma bouche pour m'empêcher de hurler. Soudain, ma bible est tombée au sol, et là, j'ai eu une apparition. J'aurais dû m'enfuir. Je claquais des dents. J'avais la chair de poule, je grelottais. Les yeux écarquillés, j'étais devant un étrange personnage que j'avais toutes les peines à identifier. Tout d'abord, J'ai été éblouie, puis, aveuglée. Les yeux endoloris, je me disais que c'était impossible, ce n'était pas lui le Dieu que j'avais tant imploré. J'ai entendu murmurer ma propre voix, pas celle d'un ange ni celle de Dieu qui de sa voix cristalline et douce, m'aurait répondu, non. Une voix, la mienne, sortie de mon corps, me répondait :

— Theci, je suis là, je t'écoute !

Très surprise de m'entendre prononcer mon prénom, j'étais sidérée.

J'ai répondu tout de go :

— Qui es-tu ?

En guise de réponse, j'ai eu :

— Toi, Theci !

Je me mis à rire, entendre ma voix était risible.

— Qui me parle ? Dieu ? Le Diable ? Je veux m'adresser à Dieu, je veux être entendue par lui !

— Je suis ce que je suis, parle !

— Qui es-tu ? Dieu ? Le Diable ?

— Theci le Diable est partout ! Le Dieu en qui tu as foi, est celui à qui tu as voué ta vie ! Du jour où tu es sortie du ventre de ta mère, il t'a guidée à chacun de tes pas, jusqu'à maintenant. Il est partout. Il te traque, tu ne peux pas lui échapper. Il te suit à la trace, dans les églises, les écoles, dans ta maison, dans tes pensées, ton alimentation, tes amis, ta famille, tes envies, tes rêves…

— Alors, dis-je, si je veux prier Dieu, où dois-je aller ?

— Mais enfin Theci, nulle part, puisque Dieu est un tout. Tu n'as pas à le chercher.

— Que faire à présent ? J'espérais des réponses, mais je n'en aurai jamais ! Alors, c'est quoi le but de ma vie ?

— Le but de ta vie ? Justement, c'est d'en profiter au maximum, car ici, tu n'es que de passage.

J'étais à la recherche d'un dieu miséricordieux, qui aurait eu pitié de moi, prompt à m'écouter. Hélas, je n'avais que l'écho de ma voix. C'est sûr ! c'était bien moi le Diable ! Je suis née un vendredi, le jour de Vénus, siège de Lucifer, et la planète de mon thème astral est Saturne, mon chiffre est le 6. Je lui appartenais.

La chandelle ondulait comme une danseuse drapée de blanc, elle m'hypnotisait. Désespérée, j'ai ramassé ma bible pour chercher le passage d'Ézéchiel où l'ange déchu avait été réprimandé par le créateur. Maintenant, nous étions identiques. Descendue bien bas, ébranlée, éclaboussée, je ne voulais pas entendre sa révélation, alors, j'ai pris mes jambes à mon coup.

Ma rencontre avec lui me mettait face à moi-même. Je n'avais pas eu mes réponses. Alors, j'ai sillonné les petites ruelles, joué à cache-cache avec mon ombre, c'est super de jouer les Peter Pan.

Dans ma petite balade dominicale, je m'imprégnais d'énergies particulières, celle du saint, du mal des ardents qui s'était répandu comme un feu dévastateur. J'étais avec ma maladie, pas plus noire que celle du blé, à moi de l'accepter. Ici, il n'y avait rien à faire ; le village médiéval était sinistre : pas de connexion internet, pas de téléphone, de télé ou de lecture, la bibliothèque fermée, l'office du tourisme et le musée aussi, le confinement ne changeait rien. C'était ça mes réponses : apprendre le confort du silence.

Ultime analyse du jour : poser une RTT à mon cerveau pour ne pas péter les plombs.

Près de la fontaine, je me suis arrêtée à la brasserie, l'écoulement de l'eau m'apaisait. J'ai fermé les yeux pour me réfugier au plus profond de moi-même, et entendre l'écho d'une voix, me murmurer à l'oreille :

« Dieu réunit ceux qui s'aiment ».
Merci Piaf.

3

L'esprit vidé, je suis rentrée dans mon appartement, petit pied à terre situé derrière l'abbaye, dans une ruelle étroite toute l'année boudée par le soleil et où personne ne passe.

Je me suis glissée sous ma couette, et j'ai baissé mes paupières pour faire le vide. Ne plus rien voir. Caresser ma petite Miele, toute blanche, belle, douce, elle porte bien son nom. Son ronronnement me calmait. Il me faisait réaliser que la mort, c'était aussi ça, ne plus rien voir, ne plus rien entendre. Seul le noir avec le ronron de la machine infernale prête à vous broyer, vous expédier de l'autre côté, avec la même légèreté et la même blancheur que celle qui vous attend au bout du tunnel.

Miracle ! Au moment où je ne m'y attendais pas, il est venu ! Sans se faire supplier. Sans brûler de cierge. Sans lecture sainte. Sans plainte. Sans rien. Un très grand personnage d'un éclat adamantin s'est déplacé pour venir à ma rencontre. J'allais enfin avoir le dialogue que je désirais.

— Qui es-tu ?

— Je suis le sheitan, Idriss, Jésus, Aïssa, tous les prophètes, tous les dieux. Je suis l'ange de lumière : Lucifer, l'ange de la mort, les djinns, je suis l'Alpha et l'Oméga, le tout.

Je restais dubitative. Comment m'y retrouver dans tout ce charabia. En parfait commercial, il me vendrait bien la mort dans un beau coffret cadeau. Sincèrement, est-ce qu'on a des regrets après la mort ? Est-ce qu'on peut demander à ne pas y aller ? Franchement, si c'était si bien, tout le monde se précipiterait au portillon.

Je voulais de l'authentique, du naturel, du fastoche pas du fantoche. En résumé, je voulais du vrai ; du pur ; l'essentiel ; pas de fioriture ni dorure, ni d'un bel emballage. C'est ça, pas d'emballage. Lui, partait dans des innombrables palabres, une parfaite infusion pour m'endormir. S'il croyait que j'allais avaler sa tisane ! Il essayait de m'en mettre plein les yeux, mais je n'étais pas complètement aveugle, je voyais son stratagème.

Ce n'est pas pour rien qu'on l'appelle l'ange de lumière. Qu'espérait-il ? Ça lui rapporterait quoi ? Lui aussi faisait des deals avec la mort ?

4

Projetée au sommet d'une montagne, probablement le mont Sinaï, il me dit :

— Vois, tous ces royaumes, je peux te les donner !

Je vis le monde. Mon monde, avec tout ce que cela implique : un monde de zombies, sans âme.

— Regarde, tout cela, c'est à moi ! Depuis le commencement où le premier homme a foulé le sol, dès la naissance de la première cellule, j'étais, je suis et je serai. Je te l'offre, c'est cadeau !

— Et en contrepartie, comme Jésus, tu ne me demandes pas un acte d'adoration ?

— C'est ça l'échange, ton acte d'adoration ! Tu l'as déjà fait depuis que tu es née, alors je ne te demande rien en retour !

— Sans rien en retour ?

Parole de Diable…

— Comme je m'évertue à t'expliquer, les vies m'appartiennent, la tienne aussi. Je la reprends quand je veux ! C'est ça la rançon. Jésus n'avait pas besoin de cet échange : une vie pour une autre, puisque la sienne a été la rançon pour payer la boulette d'Adam et Eve. Tu ne prétends pas être comme Jésus ?

Son ricanement me transperça.

Je ne savais plus quoi répondre. Il avait toujours le dernier mot.

— Tu peux avoir tout ce que tu veux, être ce que tu as rêvé. Tu peux tout obtenir, tout, en un claquement de doigt, tout de suite !

— Mais je n'en ai plus envie, c'était avant qu'il me l'aurait fallu ! Dis-je en suffoquant prête à cracher mes poumons, tellement la souffrance m'était insupportable.

— Mais tu ne l'as jamais demandé, avant ! C'est pour ça que tu ne l'as jamais eu !

Il rit de nouveau. Cette fois, d'un rire sarcastique. Des frissons me parcouraient le long de la colonne vertébrale à me faire dresser les cheveux sur la tête. Il était effroyable, terrifiant.

Je venais de comprendre tout ce que mon acte impliquait. Je sentais que je n'aurais pas la possibilité de revenir en arrière.

— J'ai tout compris, c'est trop tard !

— Non, il n'est pas trop tard ! Tu as encore un peu de temps devant toi. Je recule ton échéance à l'instant même. Je n'ai pas le pouvoir d'enlever tous les maux de l'humanité, ni d'intervenir dans vos décisions, tu as voulu, tu as. Tu dois assumer à présent. C'est pour ça que je suis là, pour enfin faire ce que tu as toujours voulu. Le temps, tu l'as compris, n'est pas le même en haut, comme en bas. D'ailleurs, ton regard a littéralement changé sur le monde que tu pensais connaître. Tu le vois à l'image de Dieu. Tu comprends mieux tout ce qu'il supporte H 24, toute la misère du monde. Il vit la réalité.

— Dois-je applaudir ? dis-je, surprise que mes bronches ne soient plus encombrées.

Mince ! Il lisait dans mes pensées.

— Inutile de me remercier, je le fais très bien pour moi-même ! dit-il d'un air narquois. C'est quoi ton souhait du jour, puisque tout ce que je te propose ne te convient pas ? Pense à ma proposition. Ce sera le plus beau cadeau de ta vie ! Pense à tes enfants. Tout ce que tu pourrais leur offrir, et cela, sans rien en échange !

— Je voulais faire payer toutes les personnes qui m'ont rejetée, trahie, ou méprisée.

—— Ma chère ! La plus belle des vengeances est la réussite ! Tu réussis, et l'argent de la gloire sera l'héritage que tu laisseras à tes enfants. Ta réussite sera ta récompense : l'argent, tout pour tes enfants, et pour les autres, il ne leur restera que les yeux pour pleurer. Ils se mordront les doigts jusqu'à la fin de leurs jours. Ta vengeance ira au-delà de ta mort, car, lorsque viendra leur tour, ils paieront encore, ce sera pour toi, la plus belle des victoires, plus que tu ne l'espérais.

— Je ne veux pas leur faire du mal, je voulais une vengeance, dans la justice !

— Mais il est juste que le Juste juge avec Justice. Avant que tu demandes, c'est déjà accordé ! Avant que tu penses une chose, il agit. Avant que tu veuilles, tu as.

— Je n'y comprends rien ! Encore une chose, je ne voudrais pas abuser de ta patience.

— Je ne suis pas pressé, toi, si !

— Pourquoi se fait-il que des gens sacrifient des animaux, des humains, ou autres, font des messes noires et versent le sang en échange d'une faveur divine ? Et moi, pas besoin, c'est déjà accordé !

— Ils sont dans de fausses croyances dans la perspective d'obtenir quelque chose. Ils ont besoin d'un échange, d'une monnaie, ce sont des dogmes religieux ancrés en vous, des préceptes primitifs, des rituels ancestraux faits en mon nom, je l'avoue, mais auxquels je n'adhère pas.

— Enfin ! Toutes ces horreurs pour rien, comment peux-tu les approuver ?

— Je n'approuve rien, on me demande, je donne. C'est pas beau ! Comme je te l'ai dit, l'homme a le libre arbitre, ça veut dire quoi : expérimente, fais, assume ! Si tu veux mon avis, le libre arbitre n'est finalement qu'une illusion, il vous dessert, c'est tout.

J'acquiesçais.

Pas très sereine, je craignais qu'il devine mes pensées.

— Vous avez un éventail de choses qui vous sont proposées, c'est là qu'intervient le libre arbitre. Le problème, c'est que vous les humains, vous n'assumez rien. C'est pour ça que vous en êtes tous là ! Maintenant, ouvre tes oreilles et tes yeux, et vois ce que vous avez bâti, vous seuls l'avez détruit, et vous êtes incapables d'admettre vos torts ! Je ne mange pas, je ne bois pas, je ne travaille pas. Je suis éther, et non une substance. Voilà pourquoi je suis heureux, heureux de vous aider quand vous le demandez, mais c'est toujours au mal que vous pensez, et le mal que vous faites. Voilà pourquoi le mal gravite autour de vous. Il est en vous. Il devient vous. Malgré tous ces siècles passés, vous n'avez toujours pas imprimé le but de votre existence.

Je reconnaissais que tout n'était que mensonge. Je restais pantoise. Je ne pouvais plus rien dire. Je n'osais pas lui demander poliment de prendre congé, alors qu'il arrivait au moment opportun. Ne serait-ce pas un affront de ma part, après l'avoir imploré, et lui demandé de l'aide, je voulais à présent qu'il disparaisse. Après mûre réflexion, je me demandais si j'avais bien pesé le pour et le contre.

La facture allait être salée.

Allait-il rompre l'insupportable silence qui me consumait de l'intérieur ?

Avant, je l'aurais mal jugé.

Probablement, le libre arbitre et la possibilité de l'utiliser devenaient une épreuve.

Je voulais le remercier à la manière des poètes italiens qui excellent dans les discours dithy-rambiques, et lui demander de me laisser réfléchir, pour savoir si j'acceptais son offre. Son attitude me faisait bien comprendre que le choix, je ne l'avais plus. J'étais désormais liée à lui, par un pacte.

Comme moi, il attendait. Je ne pouvais pas me débiner, j'étais venue le chercher. Je ne devais pas en espérer davantage.

Nul doute que son regard sondait la plus secrète de mes pensées.

Il fallait conclure une bonne fois pour toutes.

— Quand décides-tu de commencer le deal ?

— Quand tu veux !

— Je ne suis peut-être pas obligée d'accepter immédiatement ?

— Non ! Tu as fait une demande et tu ne peux plus te dérober. Mais ça, tu l'as bien enregistré. Il reste peu de temps avant l'effet tsunami, pigé ?

J'avais comme un terrible sentiment d'avoir été piégée.

— Qui t'a tendu un piège, sinon toi-même.

— Fallait t'adresser à une autre personne, tu en avais la possibilité. Comme tout le monde, tu as choisi la solution de facilité, mais je suis fair-play, si tu n'aides pas ton prochain, c'est comme si tu acceptais qu'il meure. Cette loi, je l'ai appliquée pour toi. Retiens ceci : on ne se moque pas de moi. Tu as saisi ?

La tonalité de sa voix n'était plus la même, elle devenait menaçante. Et le « tu saisis », me chopait les tripes, et me les tordait dans tous les sens. Il me faisait un nœud dans l'estomac. Il me tenait par les sentiments.

Ce n'est pas pour rien qu'on l'appelle l'ange de lumière.

J'avais saisi.

— OK ! Il n'y a plus de temps à perdre. Vas-y ! Après, je n'ai pas de pouvoir sur la décision venant du Suprême.

Son regard était une véritable épée à double tranchant. J'étais coupée en deux. Je ne savais plus quoi penser. J'étais à ses côtés, paniquée. L'effroi, c'est quand on perd les pédales et que les gestes les plus ordinaires deviennent un vrai calvaire.

Le ciel s'ouvrit en deux et une pluie de grêle tomba sur moi. La tempête se déchaîna. Je crus un instant avoir quitté la terre. Non, c'était sa bénédiction à lui, un pacte entre le ciel et moi.

Trempée, il souffla sur moi, me sécha, et le soleil réapparut.

C'était terminé.

5

Qu'est-ce que la vie ? Question existentielle. C'est quand un petit être pose sa tête dans le creux de notre main, quand on ressent son cœur battre contre le nôtre et ses palpitations en osmose avec nous. Oui, la vie se résume à ça.

Qu'est-ce que la mort ? Question futile.

Sincèrement, le but de la vie c'est de l'apprécier, et de ressentir *Rouah,* ce souffle qui circule librement dans nos poumons.

Moi, qui voulais tout bêtement me venger comme une parfaite égoïste, je n'avais pas tenu compte du plus important : nous allons tous vers la même destination. La mort est inévitable.

Bon Dieu ! Que je me maudissais ! Je n'avais certes pas imploré le bon…

Rien n'est réel, même nous ; de simples échos de voix éparpillées ; telles des étoiles, éteints depuis des millénaires.

6

Le soir, allongée sur mon lit en regardant le plafond, j'ai cherché, fouillé dans mon passé en espérant trouver une solution, en quête d 'inspiration. Peut-être qu'on viendrait à mon aide, mais rien... Pas un signe. Seules, ma respiration et les heures interminables rythmaient ma nuit. La lueur d'un réverbère se projetait dans ma chambre. Une araignée tissait sa toile.

Une question me tourmentait : Comment avais-je pu faire un pacte avec le Diable ?

Mais était-ce bien lui ?

L'araignée s'était réfugiée sous mes pieds, et tentait de se frayer un chemin. J'essayais de l'éviter pour ne pas l'écraser.

J'ai recommencé à tousser de plus belle. Je sentais bien qu'il venait de m'ôter toute protection et que j'allais en payer les frais, mais j'avais une crainte salutaire, parce que je venais de décevoir le Tout-Puissant par mon attitude purement égoïste...

Ma visite en enfer m'avait fait prendre conscience de l'amour inconditionnel : cadeau suprême de l'univers.

Désormais seule, malade, loin des miens, avec mon pire ennemi : moi-même.

L'araignée avait trouvé refuge dans la fissure d'une plinthe en bois, et moi, où trouverais-je un refuge ? Plus vulnérable que jamais.

Transpercée par des pensées dignes d'un serial killer, je me suis cachée sous mes draps, et me suis enveloppée de noir. J'étais terrifiée.

Ma nuit avait été agitée.

Au lever du jour, les nuages écartelés dans un ciel orageux, laissaient entrevoir les rayons d'un soleil timide. Les oiseaux chahutant sur le toit, m'ont poussée hors de chez moi. Le temps suspendu, je retenais mon souffle. J'appréhendais la venue du chthonien, et ne contemplais que l'horizon, un trait fin de lumière marquait une séparation entre le ciel et la

Terre. Le silence et l'absence de vie me donnaient un avant-goût d'une plénitude que je n'aurais jamais pu envisager auparavant.

Comme poussée dans le dos, je me suis retrouvée dans l'abbaye, tel un taureau dans l'arène au milieu d'une foule en délire, qui par instinct, sait qu'il n'aura pas d'autre issue que la mort.

L'horloge avait crucifié les heures afin de laisser du temps à ma propre agonie.

Sur le pupitre, La Bible était restée ouverte sur le passage du livre de Job. J'ai eu alors l'étrange sensation d'avoir été guidée comme lui, lorsqu'il avait été persécuté. Il avait ainsi prouvé son intégrité au créateur, mais il n'avait pas soupçonné que les persécutions venaient du calomniateur.

Quel homme loyal !

Il avait perdu ses enfants, sa maison, son cheptel. Sa femme, rongée par la haine, l'avait poussé à maudire Dieu. Touché par la maladie, couvert de furoncles et pleins de vers, il ne céda pas. Pour l'achever d'avantage, comme si le châtiment n'était pas suffisant, de faux amis étaient venus pour l'arroser de reproches. Là encore, Job, dans toute son humilité, ne broncha pas. Il ignorait semble-t-il, la genèse du mal et il l'avait subie, comme une épreuve venant du Très-Haut.

Il fut récompensé comme un homme irréprochable et droit, il eut d'autres enfants, un toit. Il fut ainsi l'homme le plus heureux de sa génération.

Mais entre les tentations du Christ et les épreuves de Job, je n'arrivais pas à me situer. Comment faire pour me libérer de ces liens. Je n'avais pas la malice du Diable ni la toute puissante du Christ, encore moins l'intégrité de Job. Le sempiternel dilemme du bien et du mal revenait sur le tapis, et j'étais la pomme qui allait se faire croquer si je n'arrivais pas à le rayer de mon existence, une bonne fois pour toutes. La souffrance n'avait pas choisi Job en raison de ses fautes, je l'admettais. C'était le créateur lui-même qui lui glissait les pépins dans le gosier, pour qu'il comprenne que les souffrances infligées par l'Esprit, lui permettraient de découvrir le mystère de l'amour du divin. Ça ne le protégerait pas des épreuves, mais l'aiderait à les supporter et à ne plus les subir.

Dure réalité surnaturelle pour nous simples humains, de comprendre que Dieu est tout et son contraire.

J'imaginais le calomniateur − le sheitan, se présenter dans la cour céleste pour provoquer le créateur, et lui dire à mon sujet :

« N'est-ce pas toi-même qui l'a couverte, elle et sa maisonnée ? Tu bénis l'œuvre de ses mains. Cependant, étends ta main, touche à tout ce qu'elle a, et elle te maudira ! »

7

À croire à la malédiction, elle avait fini par arriver. Je l'avais attirée comme un aimant.

Je n'ai pas pu rentrer dans l'appartement.

Des voisins alarmés, méconnaissables sous leur masque, sont venus à mon secours, désespérés de ce qu'ils venaient de voir. Un pan du mur extérieur de mon appartement, pour une raison inconnue, venait de s'effondrer. Une faille insidieuse, invisible, bien présente, laissait percevoir une vue imprenable de mon appartement. Mon APPARTEMENT. Les yeux hagards et ne sachant quoi dire, j'ai lu dans leurs regards qu'ils pensaient que j'avais la « loose ».

Tout un petit monde agglutiné devant mon logement : la police, les pompiers, les voisins, les commères, les chiens errants, les chats du quartier affamés guettant quelques pigeons, et moi, qui commençais à saisir ce qui venait de m'arriver. Comment expliquer à tous ces gens que j'étais l'instigatrice de l'effondrement du mur, que je venais d'avoir une conversation avec le diable et que si je ne respectais pas mon pacte, il allait m'en cuire. J'avais une chance sur une de passer pour une cinglée.

J'étais sans domicile fixe. Qui me prêterait secours dans ma situation ?

Finalement là-haut, on avait dû avoir pitié de moi. Une personne de la mairie qui avait eu vent de ma situation et connaissait mes implications artistiques, m'a proposé un studio. Elle m'a suggérée d'aller dormir chez un groupe : « cool et sympa, vous verrez ! Le cadre est ravissant, idéal pour l'inspiration ».

J'ai apprécié son geste et aussi qu'elle ait pourvu aux frais du séjour.

Le groupe écolo m'a ouvert ses portes et m'a réservé une petite chambre. Miele, ma chatte, a su très vite amadouer les résidents. La Covid était mon excuse bidon et j'évitais comme la peste tous contacts, pour ne pas avoir à justifier ma présence. Je prétextais l'écriture de mon futur roman, qu'il me fallait du temps, du calme, et une certaine intimité, surtout la nuit, pour ne pas déranger et ne pas être dérangée. Je ne sais pas par quel miracle, mais durant le temps passé avec eux, je n'ai jamais été importunée.

Dans ma bulle, je me croyais être à l'abri. Je ne sortais plus. Je ne me déplaçais que dans les espaces restreints, entre le jardin et les environs, pour ne pas être la cible « des invisibles ». Je pensais me débarrasser de mon engagement avec LE REDOUTABLE. Ce maudit contrat anxiogène occupait tout mon esprit, me délitait. Je ne pouvais plus feindre d'écrire.

Partagée entre la réalité et le surnaturel, mes nuits étaient de plus en plus cauchemardesques. En sueur, je sortais avec Mièle, persuadée qu'elle percevrait les êtres imperceptibles des mondes nocturnes. Elle me protégerait. Probablement que sa blancheur ferait fuir les démons de minuit.

Mes nouveaux amis vraiment cools et sympas me trouvaient une petite mine de papier mâché. J'étais à fond dans ma paranoïa. Je voyais leurs regards étranges, qui m'épiaient chaque jour pour voir si je n'avais pas les symptômes de la Covid – l'occasion rêver de m'expulser le plus vite possible. Mais aucun symptôme ne s'était déclenché, hormis les insomnies avec la hantise d'aller me coucher.

La nuit suivante, rongée par les remords, j'ai pris la décision de me rendre à l'abbaye et de parler en tête-à-tête avec le Père. Je voulais rompre ce vœu démoniaque. Hésitante, j'ai pénétré dans l'abbaye, ma respiration bloquait tous mouvements. J'entendais craquer mes articulations. Chacun de mes gestes me ralentissait. En grinçant, la porte faisait écho dans ma tête. Je me suis approchée du reliquaire de saint Antoine, une lueur extérieure l'éclairait ainsi qu'une partie de mon visage. Je me voyais comme sortie de mon corps, admirant l'ambiance d'un clair-obscur digne d'un tableau de Rembrandt.

Subito, j'ai senti un souffle dans mon dos, une présence, une respiration, et la vision d'un halo blême que la clarté déformait.

Oppressée, je n'ai pas osé faire volte-face pour me trouver nez à nez avec ÇA. Une ombre se mouvait et jouait avec le contre-jour. Une silhouette s'allongeait de plus en plus, jusqu'à couvrir entièrement l'autel.

Au même instant, une odeur désagréable de mort mêlée à la fraîcheur de la nuit, m'a donné la nausée. Les mâchoires serrées, les poings fermés, j'ai frémi. Il me cherchait, me taquinait depuis des jours et des nuits, pour m'attirer de force à lui. C'était une certitude. Au fond de moi, je ne savais pas si j'étais de taille à me confronter à lui.

Apeurée, je n'ai plus bougé. Le cou raide, je n'ai pas pu me retourner. Elle était là, la chose. Silencieuse. Elle m'embaumait d'une odeur de ténèbres. Je l'ai implorée par tous les noms : le divin, le grand, le Tout-puissant, à voix basse, à peine audible. Je l'ai implorée, car derrière moi, je sentais une présence de plus en plus près. Épuisé, mon corps engourdi, s'est effondré.

Je me suis réveillée au sol, recroquevillée. Dans la panique, j'ai fourré dans mon sac mes affaires éparpillées au sol : un carnet de notes, un stylo, une bible. Je me suis dit qu'elle serait mon gri-gri. J'ignore combien de temps j'étais restée là. Je m'étais endormie.

Je ne voulais pas rester une minute de plus, alors je me suis relevée et je me suis dirigée vers la sortie. La lumière extérieure avait disparu. La nuit noire couvrait désormais entièrement le village. Je n'avais pas dû dormir longtemps.

Hébétée, j'ai continué à avancer à tâtons en évitant des obstacles.

Fin d'une nuit blanche ou d'une aube obscure ?

8

Chez moi en ouvrant la Bible, une fièvre m'a littéralement foudroyée. Je ne m'y attendais pas. Transie, absorbée dans mes pensées, je m'interrogeais. Deviendrait-elle aussi dangereuse que l'utilisation du grimoire *Le Grand et le petit Albert* ?

Tout s'emberlificotait.

Avec difficulté, je me suis dirigée vers le coin de la douche. Le rideau avait été tiré. La veille, je ne l'avais pas touché, et ça, j'en étais persuadée. Je me sentais plus que jamais traquée.

Sans doute, Mièle sentait une présence, et tentait par ses moyens de communiquer avec moi. Elle s'est mise à tourner autour de moi comme un rapace repérant sa proie. Elle miaulait si fort qu'elle a bien failli alerter mes voisins de chambre.

. Il était indéniable que cette présence secrète me pistait inlassablement, où que j'aille. Fuir, me cacher ? Où je serai, il ou elle serait là. Comment m'en défaire ? L'affolement laissait place à l'épuisement. Toutes ces persécutions pour m'effrayer finissaient par me rendre à cran. J'appréhendais la suite des événements. Je défiais mes frayeurs en récitant toutes les litanies que je connaissais, à tous les saints qui voulaient bien les entendre. Cette présence mystérieuse décidait, –que je le veuille ou non–, que je vivrai avec elle, prendrait mes douches, me déplacerai, quoi que je fasse, il ou elle serait mon ombre. Non, je ne voulais plus vivre ça, et pas imaginer le pire, car pour l'instant, le pire occupait tout mon esprit.

Je supposais que l'être invisible avait désormais de l'emprise sur moi, m'habitait, occupait sans répit mon esprit vingt-quatre heures sur vingt-quatre, et cherchait par tous les moyens à me démolir. Moi, je luttais contre lui.

Alors j'ai décidé de ne plus donner d'importance à tout ce qui m'arrivait, et de me focaliser uniquement sur l'écriture de mon roman. Hélas, aucun mot ne s'inscrivait sur la page blanche.

L'araignée de la veille était maintenant pendue au plafond, et à ma vue, elle ne s'enfuyait pas.

Mièle, détectrice de sensations extrêmes, me donnait la température. Elle se lovait sur mes genoux, me calmait, ainsi mes peurs se dissipaient.

Mièle dort.

Si elle dort, c'est que je ne dois pas avoir d'appréhension.

Elle n'en a pas.

Je ne dois pas en avoir.

Il n'y en a pas.

C'est juste moi.

Moi.

Juste...

Il y a des inspirations qui viennent des profondeurs.

J'inspire.

Je respire.

Je reste, pire !

Mièle se réfugie sous le lit. Si elle y va, c'est qu'il n'y a personne.

Il fallait que ça cesse.

Je n'avais plus d'appartement.

Mes enfants n'avaient pas été touchés par la malédiction. Ma mystérieuse maladie n'avait pas avancé d'un iota. Je redoutais davantage que mes tourments ne créent une avalanche de catastrophes, plutôt que les peaux de bananes que l'on glissait sous chacun de mes pas. Il fallait à tout prix me mettre en quête du malin qui tirait mon rideau de douche, me donnait des sueurs froides la nuit, assombrissait mes jours, ouvrait constamment ma bible sur le livre de Job, et signait ainsi un message subliminal.

Je devais étudier le livre de Job pour briser la chaîne de l'invisible, et l'attraction que je provoquais.

9

En parcourant le récit de Job, j'ai compris soudainement qu'il y avait des leçons à tirer de sa souffrance, analyse que je n'avais jamais remarquée lors de mes précédentes lectures : le Tentateur ne pouvait rien faire s'il n'avait pas la permission divine. Par déduction, je comprenais que le malin était limité dans ses actes.

Partie de ce principe, la question laissée en suspens qui remettait en cause la souveraineté du Tout-Puissant, n'avait pas de sens pour moi. Le livre de Job me donnait la réponse : l'éternel duel entre le bien et le mal n'était pas prêt de s'arrêter.

Et ça, Job le savait :

« Nu, je suis sorti du sein de ma mère, et nu, j'y retournerai. L'Éternel a donné, et l'Éternel a ôté ; que le nom de l'Éternel soit béni ! »

Nous sommes constamment en quête d'une explication à nos souffrances. Et s'il n'y en avait pas ? De par son intégrité, Job, provoquait ses malheurs, ce que Dieu avait fait remarquer au tentateur : « Il n'y a personne comme lui sur la Terre. C'est un homme intègre et droit qui craint Dieu et se détourne du mal ». Dans mon cas, j'étais allée le chercher, car Dieu ne me donnait pas de réponse. Mes épreuves, je les avais provoquées en ne le priant pas directement.

Était-il en train de me tester ? Donnons-nous toujours raison au Diable ? Passons-nous notre vie à ne faire que des actes par intérêt ? Connaissons-nous l'amour inconditionnel ? Pouvons-nous tenir Dieu pour responsable de nos actes ? Même s'il n'ôte pas les épreuves, il tolère que nous les subissions, elles font partie de nos expériences, et la souffrance aussi.

Nous sommes tous des Job.

.

10

À ma naissance, un ange m'avait cousu la bouche pour que je ne parle pas de mes vies précédentes. De son aile, il avait effacé mes mémoires passées. J'aurais préféré m'en souvenir.

Je me découvrais une nouvelle source obsessionnelle, celle de ne pas bousiller mon karma. J'avais fait des recherches en gématrie, j'étais dans ma numérologie 6, calculée à partir du jour, du mois, et de mon année de naissance, fallait travailler surtout le relationnel : famille-enfant-mari-ami… J'avais tout faux.

J'étais dans « *Le meilleur des mondes* ». Après avoir été une algue, un lapis-lazuli, un félin, et maintenant, dans mon dernier cycle : une femme parmi tant d'autres.

Une fois les épreuves passées peut-être aurais-je la sagesse ultime ? Je n'aurais plus à me réincarner, et avec un peu de chance, je deviendrais moi-aussi un ange. À l'instar des hommes, ils ont subi toutes les souffrances d'ici-bas, ils peuvent en l'occurrence nous comprendre pour devenir nos messagers, et intercéder en notre faveur devant le Tribunal Suprême. Délivrés de toutes les peines, ils nous imposent les leurs pour voir si nous pouvons nous aussi répondre à la question cruciale : « Peut-on rester intègre ? ».

Franchement, ils n'ont que ça à faire ?

Les mots s'entrechoquaient dans ma tête : Job, Satan, Dieu, la Bible...

L'araignée venait de s'échapper de dessous le lit, et Mièle tentait de l'emprisonner entre ses griffes, situation cocasse. J'avais besoin d'un peu de répit. Moi aussi, j'étais comme l'araignée, entre les griffes d'un être supérieur.

Comme d'habitude, dehors je ne croisais personne, je rasais les murs pour me fondre dans la pierre. J'avais la tête dans le guidon, je voulais disparaître le plus vite possible. Sortir d'ici. Réfléchir à ma piètre condition.

En traversant la route, une voiture en trombe a déboulé.

J'ai senti une poigne ferme me tirer énergiquement sur le côté, et de justesse, j'ai évité le pire. Sur le trottoir, stupéfiée, les bras ballants, j'ai regardé l'automobile poursuivre sa course. Elle avait laissé des traces de gomme noire sur l'asphalte, ça puait le pneu chauffé.

— Eh ben, vous l'avez échappé belle !

Un jeune homme sorti de : « je-ne-sais-où », venait de me sauver la peau.

— Je ne l'ai pas vue arriver !

— Moi non plus, je ne l'ai pas vue arriver ! Elle roulait vite !

— Merci ! Sans vous, j'aurais été renversée ! Je suis sûre que la voiture ne se serait même pas arrêtée !

— À cette vitesse-là, elle vous aurait expédiée au septième ciel ! Ça va ?

— Oui merci ! Merci encore ! Je ne sais pas comment vous remercier d'ailleurs ?

— Je tiens le bureau tabac à l'angle de la rue, près de votre appartement. J'ai vu qu'il avait pris une sacrée baffe ! C'est incroyable ce qui vous arrive !

L'appartement, maintenant la voiture… Je ne suis pas superstitieux, mais vous savez ce que l'on dit ?

— Oui, je sais !

Jamais deux sans trois.

Incroyable ! Il y a des gens qui, sans raison, par leurs actes de bravoure, face à une situation qui les dépasse, deviennent exceptionnels. Ils vont jusqu'à se sacrifier pour vous sauver, alors qu'un membre de votre propre famille, serait capable de vendre votre âme pour sauver la sienne.

— Voulez-vous vous rafraîchir au bar ? J'ai des boissons dans le réfrigérateur, ça vous ferait plaisir ?

— J'accepte votre invitation. C'est une bonne idée.

Je l'ai suivi.

Il m'a offert une boisson fraîche. Il s'est assis en face de moi, avec un beau sourire, irrésistible. Nous avons trinqué, papoté de tout et de rien.

Nous étions voisins, et pourtant, nous ne nous étions jamais rencontrés, sauf aujourd'hui. Il m'a raconté qu'il était venu se perdre ici, espérant voir du touriste. Il m'a dit que, si la saison prochaine il n'y en avait pas plus que ça, il baisserait le rideau. « La Covid y était pour beaucoup. Elle mettait tout le village sur le bûcher. Faudrait pas une autre saison comme celle-ci, ça allait finir par tous nous cramer », déplorait-il, dégoûté.

Et après ça, où aller ?

11

Le lendemain, ma fille m'a appelée pour m'annoncer la levée des restrictions. J'allais enfin pouvoir retrouver mon appartement de Saint-marcellin, mes enfants, mon chez-moi, mes habitudes.

Je suis allée remercier la représentante de la mairie. Elle m'a expliqué succinctement qu'un expert passerait voir les dégâts de mon pied à terre, et elle m'a demandé si mon séjour avait été des plus agréables, et si mon roman avançait.

— Ça pour avancer, il avance !

— Parfait ! avait-elle répondu, ravie de savoir que mon départ était imminent.

Elle désirait ardemment que je m'en aille au plus vite, comme si je portais malheur. Je voyais dans ses yeux défiler les euros, ça avait dû lui coûter un pognon de dingue !

Par simple courtoisie, elle m'a questionnée sur ma venue à Saint-Antoine, elle prétendait ne m'avoir jamais vue auparavant. Pourtant, un si petit village où tout le monde se connaît… Alors, pour ne pas créer un malaise et de perdre dans des détails, j'ai feinté l'écriture de mon roman, besoin de m'isoler. J'ai joué à la romancière contemporaine, j'avais besoin d'être seule...

Le silence me disait :

« Chut ! Tais-toi ! N'en rajoute pas !

Avant mon départ, j'ai voulu saluer saint Antoine, pour lui dire à ma manière un au revoir. Cet « aurevoir » m'a allégée. Sereine, à présent je pouvais m'en aller.

J'ai laissé ma résidence secondaire dans un état pitoyable, et à la hâte, j'ai pris ma valise, tout casé dans mon véhicule. Ma petite Mièle a sauté sur la plage arrière sans se faire prier. J'ai bouclé la ceinture, et nous avons filé à vive allure.

Sur la nationale proche de Saint-Marcellin, mon portable s'est mis à biper. Faute de réseau, je recevais tous les SMS stockés dans la messagerie.

Perdue dans mes pensées j'ai oublié que, dans chaque arbre, réside un esprit sournois et malicieux qui obéit à des lois de cause à effet. Ça annonçait une série de...

Dans sa bonté, Dame nature m'a fait grâce d'une nouvelle calamité. Un arbre s'est abattu sur ma voiture. Heureusement, mon ange gardien ou... m'a épargnée. Une énorme branche venait de rayer tout le côté droit de mon véhicule, enfonçant dans la foulée, la portière arrière.

Effrayée, Mièle s'est réfugiée sous mon siège. J'ai poursuivi sur ma lancée, courageuse mais pas téméraire, rassurée d'avoir largement dépassé les «jamais deux sans trois ». Je venais d'inventer une nouvelle locution mathématique : Ne jamais croire à toutes ces c...

Arrivée au pied de mon appartement, j'ai pris le temps de vérifier les dégâts. Eh oui ! Macron avait raison : ça allait encore me coûter un pognon de dingue.

Pourtant, tout comme moi, Mièle enjouée d'être de retour chez nous, m'a donné un coup de patte pour me dire qu'elle aussi aimait le bruit : le bruit des voitures, mais aussi celui des motos qui inlassablement, à longueur de journée, faisaient le tour du rond-point.

En pénétrant dans mon immeuble, j'ai eu le réflexe de jeter un regard furtif dans ma boite aux lettres. Et là, m'attendait une pile de courriers, que mes enfants avaient gentiment pris soin de laisser s'entasser– comme si les lettres brûlaient les doigts. Et, le comble ! Les impôts m'avaient expédié une facture datée du début du confinement, et plusieurs lettres de relance. Faute d'une réponse de ma part, ils me réclamaient une somme astronomique. Je devais prendre rendez-vous avec le centre de financement si je n'arrivais pas à régler la douloureuse.

Je me suis vite empressée de téléphoner. Par chance, j'avais du réseau, mais je tombais toujours sur leur messagerie. À cause du virus, tous les bureaux étant fermés ils me conseillaient de les contacter par internet.

Comme Job, éprouvée jusqu'au bout.

12

Pour échapper aux contraintes administratives, j'ai eu envie de me promener dans le centre-ville, de sentir l'odeur de la vie urbaine, désir partagé avec Mièle, qui aussitôt s'est engouffrée dans son sac à dos transparent. Elle donnait l'impression d'être dans un vaisseau spatial.

Hélas, dans la rue centrale, il n'y avait que quelques ombres, tels des corps transparents, insignifiants et sans vie, qui par peur, frôlaient les murs pour éviter tout rapprochement.

Dans la rue piétonne, j'ai croisé la laideur. Je ne pouvais pas l'éviter. Camouflé sous son masque de protection, je devinais un visage détruit que la nature avait malmené. Ses yeux me fixaient, me renvoyaient toute sa souffrance, celle qui vous fait détourner le regard pour ne plus la voir. La balance de l'équité avait dû être faussée par la main d'un être supérieur qui se nourrissait de la misère des pauvres gens. Lui tourner le dos n'aurait été qu'une injure. L'individu assit à l'angle de la rue, mendiait et quémandait de l'attention.

À mon passage, il m'a abordée, prétextant que mon chat était magnifique. Je me suis sentie plus laide que lui. L'horreur a une odeur nauséabonde repoussante. Avec maladresse, j'ai jeté un euro dans sa gamelle, la pièce s'est mise à tourner longuement, le bruit m'a perforé le cœur. Je lui ai lancé un « bonne journée », phrase inutile, insignifiante et grossière. J'étais pareil que les autres. J'avais payé un compliment pour me débarrasser de lui.

Je me demandais si Job aurait agi de la même manière, puisque mon histoire était liée à la sienne, il aurait sûrement fait mieux que moi. Lui, était un homme pieux.

L'individu, sorti tout droit du roman « *L'homme qui rit* » de Victor Hugo, affichait sous son masque un sourire de « Joker ».

Je m'apprêtais à poursuivre ma route vers la place du marché, quand mes yeux se sont posés sur une énorme araignée. C'était un présage.

La voix de l'inconnu m'a stoppée net :

— Je l'ai apprivoisée.

J'aurais dû continuer mon chemin.

— Qui ?

Question de trop.

— L'araignée, je l'ai apprivoisée.

— C'est bien, bonne journée !

— Elle sait qui tu es. Tu l'as regardée, tu t'es arrêtée, elle sait...

— Moi aussi je sais, c'est bon ! Maintenant, tu me lâches !

— Si elle se cache, c'est qu'il ne se passera rien. Et si elle reste, comme c'est le cas, elle annonce...

— Ça suffit les conneries ! J'ai été sympa. Fiche-moi la paix, OK !

— Les gens qui circulent en baissant leur regard, Dieu leur dira : « Dans la mesure où vous ne l'avez pas fait à l'un de mes petits... Éloignez-vous de moi ! », mais toi, je ne peux rien contre toi. Tu ne m'as donné que le superflu. Comme l'homme riche dans la parabole de Jésus, ça te parle, n'est-ce pas ? Je sais que ça te parle. Tu n'es quand même pas la veuve qui a tout mis dans…

— Je connais mes classiques, pas la peine de continuer. Tu abuses ! Si ça se trouve, tu profites des gens comme tous ces faux-mendiants, prêts à arracher un bras à leur progéniture pour nous émouvoir, quelle ignominie !

— Ne fuis pas, il t'entend, il sait. L'araignée me l'a dit. Tu vois, quand elle se réfugie dans ma main, c'est un signe du ciel...

— Je me fiche de tes boniments ! Je n'étais pas obligée de te donner ce que tu considères comme peu. J'ai travaillé dur pour ça. Tandis que toi, assis, tu attends que ça tombe tout seul dans ta coupe. Estime mon euro symbolique à sa valeur, et non pas celle que ton regard t'a permis de jauger.

— Tu n'as pas donné avec ton cœur. La pièce a mis un temps interminable avant de se poser. C'est un signe, il ne trompe pas. Si tu avais mis tout ton cœur dans cette pièce, elle serait tombée directement en résonnant. L'écho aurait retenti dans toute la rue.

Je retenais ma respiration pour ne pas... Mais lui sans gêne, poursuivait :

— Tu m'as considéré en dessous de toi, rassure-toi, tu n'es pas la seule ! Tout ce qui arrive n'est pas du pur hasard, mais une suite d'événements, créés par nos actes passés. Rien n'est effacé. Puis, un jour, nous devons payer notre dette. Ton obole est désormais dans ma coupe.

Cette fois, il me fichait vraiment la trouille. Un esprit quintessencié se cachait derrière la laideur, était-ce celui de saint Antoine ? Il laissait transparaître la science des anciens et la beauté du monde.

J'avais oublié que parfois, pour se protéger, il ne faut pas se montrer tel que l'on est.

L'araignée immobile dans le creux de sa main, semblait, elle aussi, me juger.

— Poursuis ton chemin, tu empêches les passants de me donner du pain.

Comme un couperet, la phrase m'est tombée dessus. Je me suis sentie lâche.

Je ne désirais pas poursuivre. Je me suis donc empressée d'aller faire mes emplettes dans la supérette à l'angle de la grande rue. À partir de cet instant, je n'étais plus moi-même.

Job, lui, avait reçu la visite de trois comparses, venus lui expliquer que son malheur, était une punition de Dieu. L'inconnu, lui, de qui était-il l'envoyé ? Il connaissait autant les écrits que moi. Il les citait, au bon moment, avec une parfaite éloquence. Ce n'était pas un mendiant comme j'en croisais habituellement.

Bouleversée, je voulais être sûre que mon vécu n'était pas une chimère, mais la réalité des conséquences de mes actes.

Aussitôt mes achats terminés, je suis retournée sur mes pas. Au coin de la rue, près de la pharmacie où j'avais vu le personnage, une femme était assise exactement à la même place. À ses pieds dans la sébile, il y avait ma pièce, l'unique de la matinée. La femme avait le visage découvert. Suspendu par un élastique, un masque pendait sur son oreille. Elle aussi avait le teint mat. Une peau brulée par les UV. Était-ce un membre de sa famille ?

À mon passage, elle m'a souri, et m'a dit bonjour. Je n'ai pas pu répondre, de peur de me tromper encore, ou comme lors de l'expérience précédente, de provoquer une série d'événements, qui m'échapperaient une fois de plus.

Je me suis sentie plus honteuse que jamais. J'appréhendais de vivre dans un tourbillon de malheurs, qui n'avait de cesse de se renouveler.

Derrière moi j'ai entendu des applaudissements. Ils m'ont tailladée l'âme.

13

Ce matin, comme Mièle, je me suis étirée, quel pied ! Je me suis surprise à m'entendre ronronner. J'aime les chats. Ils ont l'art de ne rien faire.

Avec elle, je suis sortie en bas de l'immeuble, pour l'habituer à se repérer autour des espaces verts et à la route, au cas où... Cette promenade ravivait de vifs souvenirs. Ils ouvraient mes plaies, au point que je ne supportais plus la vie en société. Le confinement m'avait au moins fait apprécier la solitude.

Mièle jouait à capturer des insectes qui virevoltaient au gré du vent. Elle était maladroite, à cause d'une chute du deuxième étage qui lui avait laissée une paralysie de la patte gauche et un petit strabisme qui la rendait irrésistible. Une sauterelle avait à peine pris la fuite que déjà, elle chargeait une nouvelle proie. Elle m'amusait.

Près de mon box qui me servait d'atelier d'artiste, j'ai croisé une voisine. Elle avait les cheveux hirsutes, une tenue débraillée, et des pantoufles achetées au temple bouddhiste. Dans son studio, elle avait placardé les accords toltèques, décoré les étagères de sa bibliothèque de figurines de Bouddha. Elle s'identifiait à lui. Objectif atteint, mais elle n'en avait que le physique.

Je n'avais pas envie d'engager la conversation. Tenace, elle m'attendait. J'attendais qu'elle s'en aille. Habituellement, elle partait toujours dans un monologue, un même sujet qu'elle rabâchait en boucle comme une vielle chanson, avec une voix de disque rayé : elle répétait inlassablement ce qu'elle apprenait dans des séminaires.

Finalement j'ai fini par gagner. Elle est montée dans sa « caisse ». D'un geste brusque elle a claqué la portière. Elle a fait couiner l'embrayage, tousser le pot d'échappement et tartiner le bitume avec la gomme des pneus. Je me suis dit que chez Renault, ils sont forts, leur petite bagnole résiste à la pire des brutes. J'avais la même que la sienne, mais de couleur aubergine. Hélas j'avais choisi la couleur Karma, et tous les deux mois, mon auto me le faisait payer.

J'ai ouvert la porte de l'immeuble, Mièle la queue en panache s'est faufilée.

À chaque fois que j'entrais j'évitais les occupantes de ma copropriété. Nous n'étions que des femmes seules comme si une malédiction avait frappé cet endroit. Aucun homme n'y restait. D'ailleurs, le mien, au bout d'un mois d'emménagement avait pris la fuite, ça m'avait dispensée de me remettre en question.

Ma copropriété était construite sur les fondations d'un ancien cimetière. J'étais convaincue que nous avions le mauvais œil. Tous les soirs, nous dormions sur un matelas de morts.

À l'aube de ma retraite, je me trouvais face à toute la médiocrité de mon quotidien. J'avais marché à côté de mes pompes toute ma vie, raté des occasions. J'avais lutté pour ne pas finir comme ma mère, que je salue au passage pour son courage, d'avoir su faire arrêter un train en pleine vitesse, pour ne plus subir une vie médiocre. Elle avait eu le cran de dire NON, en transcendant la souffrance, elle était dans l'acceptation du mal. Il paraît que dans les hauteurs tout est comptabilisé, tes douleurs, tes pardons, le bien que tu as fait aux autres, le mal qu'ils t'ont fait, et que tu n'as pas rendu. Oui, ça compte, et quand tu as pu endurer toutes les horreurs, tu deviens un saint. Elle doit être assise sur le trône de Dieu.

Elle s'appelait Marie.

Je la remercie de m'avoir montré combien ça coûte un ticket pour le paradis. Je remercie mon père qui m'a prouvée que même si on est une belle ordure, on a tous droit aussi à un ticket.

Aujourd'hui, qui venait me hanter ? Ma mère sûrement pas, mon père non plus. Tous les deux ont construit le petit bout de femme que je suis.

C'est dans le chaos que le monde est né.

Job, mon maître Job, qu'aurais tu fait ?

14

Mes enfants sont venus me souhaiter une bonne nuit. C'est drôle, pendant dix secondes, j'y ai cru.

Aussi loin que remontaient mes souvenirs, je ne les avais jamais vus s'asseoir à mon chevet. Ils sont restés. Ils avaient des choses à dire. Avant, ils n'auraient pas osé, de peur de me blesser. Mais ce soir, ils le faisaient.

Une pluie de reproches s'est déversée sur moi. Je les ai écoutés. Je ne les avais pas protégés. Encore le passé ! Il remontait comme une vase verte et fétide, pour me salir, m'engluer. Pourquoi en parler maintenant ?

J'avais été une mère quelconque. Ouais ! Une madame-Tout-le-Monde.

Je n''avais pas été la « wonder mother » qui après l'école, les attendait habillée d'un petit tablier à carreaux rouge et blanc, avec un gros radis sur la poitrine, pour savourer un bol de chocolat chaud, accompagné d'une belle tarte aux pommes maison. Non, d'après eux, je n'avais été qu'une mère qui n'accomplissait que l'essentiel. Heureusement que je n'étais pas « non essentielle ».

Oh, ils ne me reprochaient pas un manque d'amour, non. Ils comprenaient que j'avais fait ce que j'avais pu. Ça aurait pu être mieux, ou pire... Je n'avais pas été là quand il le fallait. Où étais-je ? Ils me pardonnaient, ouf ! Peut-être que j'avais récolté ce que j'avais semé ? Peut-être que la justice immanente était en marche et après... Peut-être que ça irait mieux.

C'est quoi après ?

Job m'est apparu, je l'ai vu se gratter les furoncles avec un tesson. Il me l'a tendu pour que je me gratte avec. Lui, avait eu des soi-disant amis qui étaient venus le consoler, le blâmer d'avoir péché par omission. Moi, ma progéniture me reprochait que mes malheurs soient aussi les leurs. Il était injuste qu'elle paie aussi l'addition. Je le comprenais très bien. Pourtant, ce sont souvent les enfants qui héritent des dettes de leurs parents, et c'est inacceptable.

Il y avait des vérités. Je ne pouvais pas le nier.

Je me suis grattée jusqu'au sang, les ongles enfoncés dans ma chair, et me suis endormie. Mièle s'est enroulée autour de mon cou, la truffe collée sur ma joue, elle soulageait ma peine et mes tortures. Les chats sont aussi faits pour ça.

Cette nuit, ils m'ont assassinée.

J'ai accepté ma mort dans l'espoir que Dieu me ressusciterait au petit matin.

15

Mièle affamée m'a sortie du lit. Oui, les animaux et les êtres humains ont une seule chose en commun : la survie de leur estomac. Satisfaite de sa dose de croquettes, elle s'est frottée contre moi pour me remercier. Extra.

Moi, je ne sais pas où frotter ma tête. Je suis partie de rien et je repartirai avec rien. Merci Job pour cette pensée philosophique.

Une belle après-midi douce et ensoleillée s'annonçait. De ma terrasse, j'écoutais avec plaisir les oiseaux qui sifflotaient sur les arbres. Ce n'était pas un jour à rester chez soi. Alors, j'ai pris mon sac à dos, Mièle aussi, … et très vite, je suis partie.

J'ai emprunté des chemins que moi seule connaissais. Dos au soleil, ma chatte dormait dans son sac de transport. Tout était paisible... Paix visible. J'ai grimpé une petite côte, et suis passée devant une jolie maison. J'ai pris un autre chemin qui donnait vers un pré clôturé. Accroché à une grosse chaîne rouillée, un panneau avec une tête de mort taguée, « Interdit de passer », prévenait d'un danger.

J'ai bravé l'interdit.

Une fois ma chatte sortie de son sac, je me suis allongée dans l'herbe pour me détendre et regarder le soleil, au risque de me brûler la rétine.

Tout à coup, un vent musclé est venu perturber ma sérénité et m'ébouriffer avec des petites brindilles d'herbes sèches. Je me suis débattue pour remettre de l'ordre dans mes cheveux.

Ma chatte miaulait. Elle n'aimait pas quand l'air s'agitait J'ai voulu me relever, mais le vent m'a clouée au sol. Je devrais apprendre à lire les panneaux[1].

La nature, me torturerait-elle aussi ?

Un monumental cumulonimbus noir, chargé de pollution, prêt à crever, annonçait l'ambiance. Il y avait de l'électricité dans l'air.

Je devais vite rentrer.

---

1 Allan et Barbara Pease : Pourquoi les hommes n'écoutent jamais rien et pourquoi les femmes ne savent pas lire les cartes routières ?

16

Mektoub !

Mièle s'est calmée, comme si une main invisible l'avait empêchée de miauler. Et moi, au sol, je ne pouvais plus bouger. Un énorme bourdonnement dans les oreilles me causait des acouphènes insupportables. Une impressionnante voix s'est mise à résonner à l'intérieur de mon crâne et m'a ordonnée :

— S'il te plait, ôte tes sandales, car le sol que tu foules est sacré !

Hésitante, je me demandais qui me parlait. J'ai regardé partout s'il y avait quelqu'un.

Ça continue…

— Ôte tes sandales, car le sol que tu foules est sacré ! Insista la voix.

J'ai vite compris qu'il ne fallait pas trop discuter.

— Pardon, Seigneur, nous sommes en 2020, et aux pieds, j'ai des baskets !

— Ôte tes baskets !

— D'accord !

La force invisible qui me tenait s'était retirée. J'ai obéi.

— Maintenant, écoute ! Tu as été entendue. Tu dois parler à ton peuple. Tout ce que je te dis, tu l'écriras aujourd'hui !

— Heu... Pardon Seigneur, il y a méprise, je ne suis pas Moïse. Il y a erreur de casting.

— Tu préviendras les tiens, tu leur diras que tu as entendu la voix de Dieu, et qu'il existe bel et bien. Qu'ils t'écoutent ou pas, ce n'est pas ton problème. Le reste me concerne !

J'attendais la suite, mais plus de voix. La tempête s'était apaisée. Ma chatte s'excitait, et moi complètement déboussolée.

J'ai adjuré :

— Dieu, sors de ce corps !

J'ai chaussé mes baskets et j'ai repris le même parcours. Sur le trajet, j'ai médité sur le caractère sacré de ce que je venais de vivre : à partir de maintenant, quand je foulerai le sol, je ne le ferai plus de la même manière. Je chercherai à ressentir la chaleur du feu, de la terre sous mes pieds, car c'est de là, que la voix de Dieu avait tonné. J'avais la conviction que la Bible devenait dans ma vie, une parole vivante.

Patraque, arrivée chez moi, j'ai posé Mièle, mon sac, retiré mes baskets, jeté ma veste sur le fauteuil Voltaire déchiqueté par les griffes de ma tigresse.

Ma fille, surprise en me voyant, s'est exclamée :

— T'as fait une flambée ?

— Non ! Pourquoi

— Tu sens le feu de bois, avec une petite fragrance fleurie, cool.

Moïse et le buisson ardent !

Elle m'a dessinée un sourire espiègle non dissimulé. Devais-je tout de go lui raconter mes péripéties ? Me croirait-elle ? Si elle savait toutes les galères de ces derniers jours à Saint-Antoine-l'Abbaye, elle me prendrait pour une illuminée. J'allais perdre toute crédibilité.

Non, je ne peux pas.

JE NE PEUX PAS !

17

La nuit venue, j'ai brûlé des feuilles de sauge blanche. Allongée sur mon lit, la Bible ouverte sur le psaume 23, j'ai prié avec ferveur,

Dans la douceur d'une atmosphère apaisante, je me suis laissée glisser sous les draps, Mièle jouait, me mordillait les orteils, et attendait le bon moment pour se jeter sur moi. Elle chassait.

Dans la nuit sombre, j'imaginais son regard fou, et son petit corps contracté, le poil rebroussé, prête à riposter. La cinquième symphonie en ut mineur de Beethoven me berçait. La nuit s'étirait. La musique continuait inlassablement. La sauge brûlait. Pourtant, mes paupières lourdes de fatigue, ne demandaient qu'à se fermer. Je luttais, convaincue que ce soir serait propice à la rencontre du troisième type.

La nuit porte en elle tous les secrets, elle est le coffre-fort des esprits subtils.

Soudain, dans la noirceur de ma chambre, j'ai entendu une voix m'appeler par mon prénom.

Elle m'a appelée trois fois. Je lui ai répondu.

La voix ne ressemblait pas à celle que j'avais entendue dans le pré. Elle était plus pure, plus féminine. Je n'avais plus peur. Une chaleur me recouvrait. Mièle s'en était allée. Elle savait.

J'étais dans un songe éveillé. Comme Job, j'allais devoir lutter avec un ange, entendre des reproches : j'avais été lâche de ne pas avoir obéi à l'ordre de parler à mes enfants. Mais rien. Rien de tout cela. Bien au contraire.

Dans mon sommeil, il m'avait dévoilé le secret de la vie, il m'avait immergé à l'intérieur de mon corps.

Qui étais-je avant d'être moi ?

L'espace d'un soupir, je me suis éveillée. Je changeais ainsi la trajectoire d'une lignée prédestinée, où je ne pouvais rien modifier ; un passage de l'impossible au possible, par un prodige ou un ange... par sa bienséance, il étirait le présent. C'était l'instant le plus important de ma vie. Il effaçait tout. Il me ramenait à ce que j'étais : petite poussière d'étoile.

Assoiffée de connaissance, j'aurais voulu l'interroger toute la nuit, Mais il est parti, en laissant un grand vide à l'intérieur de moi, de la même manière qu'après un accouchement, le ventre encore gonflé, est dépouillé de la vie.

Mièle est revenue se coller contre moi. Son corps faisait des va-et-vient sur mon visage.

La sauge s'était transformée en poussière.

Nous sommes tous des sauges.

Je me suis endormie comme Mièle.

Merci les sauges.

18

Lors du déjeuner matinal, ma fille m'a saluée. Elle a posé ses lèvres sur mon front avec la délicatesse d'une goutte de rosée.

J'ai ouvert mon cœur pour la cueillir et recueillir ses premiers mots.

— Tu as bien dormi ?

— Oui ! Et toi ?

— Eh bien maman… j'ai rêvé d'un truc bizarre.

— Ah, raconte !

— Une voix omnipotente me parlait. Dans mon rêve, je connaissais cette voix. Pour moi, pas d'ambiguïté, c'était Dieu qui s'adressait à moi.

— Comme toi j'ai fait un rêve très perturbant, lui ai-je répondu. Ce n'était peut-être pas simplement un rêve. Tu y crois ?

— Tu as sans doute raison. Pas trop surprise toi qui nous as éduqués dans tes convictions ?

— Non, pas du tout ! Je suis contente de constater que nous avons encore des choses en commun. Aujourd'hui, je me sens soulagée, je me croyais un peu seule. Je suis ravie que mes enfants fassent partie de mon club intime.

Je lui ai fait un clin d'œil et par magie il a dessiné sur son visage le plus beau des cadeaux matinaux : un sourire. Son sourire, qui nous a rapprochés davantage.

—Tout ce que tu nous as appris a été utile, et quoi que nous pensions à l'époque ça nous a servi plus tard. Nous avions la liberté d'accepter ou de refuser. Au moins, nous avons eu une éducation spirituelle. Tu avais raison, ça nous a permis de mieux comprendre les cultures différentes des nôtres, et surtout de ne pas oublier qui nous sommes.

Un ange avait parlé.

J'étais fière de mon petit bout de femme. Nous n'étions plus dans une relation mère-fille, mais de femme à femme.

Ça devenait de plus en plus intéressant. Elle a avalé une gorgée de thé que je voyais glisser dans son gosier.

Elle voulait découvrir si nos rêves n'étaient pas que des puzzles dans la nuit, ou une reconstruction, d'un copié-collé, une carte pour nous guider…

— Bon, je dois te dire quelque chose de très important, lui ai-je avoué

— Ah ! Tu m'annonces un scoop !

— Finalement, tu me dissuades de parler, je crois que je ferais mieux de me taire, tu n'es pas encore prête.

Elle avait vu mon agacement. Elle sentait qu'il ne fallait pas trop me titiller.

— Tu prends tout au premier degré !

— J'ai besoin que tu m'écoutes. Que tu me croies ou non, ça n'a pas d'importance. Je vais te raconter tout ce que j'ai vécu à Saint-Antoine pendant la période de la Covid. Après tu te feras ton propre jugement.

— OK !

Elle n'a rien dit. Elle a entouré de ses mains la tasse de thé, pour les réchauffer. Elle attendait.

Mièle, à mes pieds, attendait aussi.

J'ai parlé lentement, pesant chaque mot que je prononçais. Avec patience, ma fille écoutait.

Je cherchais dans ses yeux noirs et étincelants, une révélation. Elle ne s'est pas excusée d'être pressée ni de chercher un prétexte pour se dérober. Non, mais son regard était dans le mien, ça brillait de partout.

Tout y est passé : mes périples dans l'abbaye, mon pacte pour avoir une vie meilleure à leur offrir, mes angoisses, les apparitions, les manifestations, ma sortie dans le pré clôturé avec Mièle, et la voix de Dieu à l'intérieur de moi, me sommant de dire à mon entourage qu'il existe.

J'ignore le temps que ça m'a pris.

Elle est restée assise. Je l'ai senti sereine. J'essayais de discerner s'il n'y avait pas enfoui au plus profond d'elle-même une pointe de jugement, un soupçon d'ironie, qui m'aurait fait regretter de tout lui avoir déballer sans ménagement, ça m'aurait soulagée. Elle était impassible. Rien qui puisse me faire comprendre qu'elle me prenait pour une folle. Rien qui ne laisse transparaître qu'elle pensait que je regrettais mes paroles. Rien. Pas le moindre geste, le moindre clignement des yeux pour me faire comprendre que j'étais allée trop loin. Pas de respiration retenue, pas de soupir trahissant un manque d'intérêt. Un rien qui s'éternisait dans la cuisine, et un silence, tel une chape de plomb, qui m'écrasait.

Je n'ai pas osé poser la question « guillotine » :

« Tu me crois ? »

Ce rien accaparait toute la pièce. Il n'y avait plus de vide entre nous. Elle n'avait plus rien à ajouter : c'était ça la perfection.

Et moi, comme elle : RIEN

19

Il était huit heures du matin quand je suis allée relever le courrier dans ma boîte aux lettres. Un cadeau m'attendait : une belle enveloppe avec l'entête du service public. J'ai grimacé. Il ne m'avait pas zappée. Je l'ai décachetée pour lire le contenu.

Estomaquée, j'ai relu deux fois la missive, tellement ma surprise était grande. Elle m'annonçait que je n'avais pas de majoration à payer, et que ma redevance audiovisuelle allait être remboursée.

Magnifique !

À peine avais-je franchi la porte de mon appartement que mon iPhone s'est mis à vibrer. C'était mon assureur qui désirait me donner les coordonnées de l'expert. Il me pressait de convenir d'un jour avec l'entreprise dès le lendemain matin. Je me suis hâtée de relever son numéro et de l'appeler. J'ai obtenu mon rendez-vous, et nous avons convenu de nous rejoindre à dix heures tapantes, devant mon appartement de

Saint-Antoine. La série des épreuves arrivait à son terme. La situation semblait se dénouer. De toute évidence elle me permettait de voir mes malheurs non pas comme une fatalité, mais comme un appel du Seigneur qui me susurrait à l'oreille :

« *Rien ne sert de courir ; il faut partir à point* ».

Merci La Fontaine.

Il suffisait de se laisser aller comme un esquif, porté par le courant jusqu'à la rive.

Merci la tortue.

Aujourd'hui, une page blanche s'ouvrait devant moi, tout était à réécrire.

Demain, à Saint Antoine, j'allais en profiter pour refaire mon parcours initiatique.

20

Il y a des situations dans la vie, où sans l'ombre d'un doute, on sait que le temps est venu.

J'étais la première devant l'appartement _du moins, ce qu'il en restait_, à dix heures pile.

L'expert était à peine arrivé que déjà il avait son bras tendu pour me saluer. Pour moi, son geste franc très viril, était la main qui venait enfin me secourir.

Au bout de trois heures., il a certifié que vu ma situation, les travaux se feraient le plus vite possible.

Il pensait que ce logement, où je venais me réfugier pour écrire, était mon lieu de résidence, ce qui n'était pas tout à fait faux.

À peine était-il parti, que je me suis dirigée vers l'abbaye. Le soleil éclairait les gargouilles. Elles ne m'intimidaient plus. Leurs regards étaient fixes. En pénétrant, l'humidité et la froideur me saisirent de nouveau. Je suis allée vers la statue du Christ. Ce n'était pas un élan de foi qui me poussait vers lui, mais un désir de tout effacer et de recommencer à zéro.

Dans un endroit sacré, il y a des règles à respecter. J'ai brûlé un cierge. J'ai mis une pièce d'un euro dans l'urne prévue à cet effet. Je me suis agenouillée, j'ai simplement dit : « Pardon ! », et j'ai caressé ses pieds.

À partir de ce moment-là, il s'est produit une manifestation… Elle m'a laissée une empreinte indélébile au bout des doigts, et ce, jusqu'à la fin de mes jours. Quel drôle de sentiment de toucher réellement sa chair. Je n'avais plus la sensation de la froideur du marbre, mais la chaleur d'un corps en vie. Le sang circulait dans mes veines, et à l'instar de Marie-Madeleine, j'ai baisé ses pieds, et soudainement, quelque chose de surréaliste est survenu. Des gouttes parfumées ont glissé le long de ses jambes, et sont venues mourir sur mes lèvres. Oui, l'huile d'onction de la grâce divine purifiait mes lèvres. Voilà, le Christ de l'Abbaye m'offrait son pardon, sa bénédiction. Je l'ai regardé. Je souhaitais qu'il me dise quelque chose : si je devais encore clamer au monde entier la preuve d'un miracle, faire

de Saint-Antoine « la Lourdes du Grésivaudan » ...
Non. Simplement le silence... le silence et l'odeur de
l'amour divin.

Je me suis redressée. Je l'ai remercié, tandis que
mon cierge lentement se consumait. Sa flamme
dansait énergiquement. Je suis partie par la porte
d'entrée, non pas la porte de sortie.

Je ne quittais plus un lieu, mais j'entrais dans la
grandeur et la toute-puissance de la sagesse divine qui
me faisait comprendre que je ressuscitais de mes
erreurs.

Je venais de créer. J'étais créatrice de ma propre vie,
de mes mots, de mes douleurs, et à travers elles,
j'existais.

21

Une information venait de tomber : nous allions être une nouvelle fois confinés. Peu importe ce qui pouvait arriver, plus rien ne serait comme avant.

Il était encore tôt. Mes enfants dormaient. Je rêvassais en caressant ma petite Mièle qui m'apportait la douceur du matin.

Le temps était au ralenti.

Devant ma tasse de thé et ma madeleine industrielle, c'était Proust qui fondait sur ma langue. Sous mon palais, le goût de la littérature excitait mes papilles. Ce vulgaire gâteau de supermarché trempé dans mon thé se transformait en la plus exquise des pâtisseries.

Mon petit déjeuner avalé, submergée par toutes ces émotions naissantes, je me laissais envahir par l'univers de Proust. Je me suis assise devant mon poste de travail, et j'ai saisi toutes les idées qui arrivaient par vague.

Mièle s'est manifestée en échappant des petits sons aigus.

— Chut ! lui dis-je, je vais écrire.

Elle a fermé ses yeux. Elle a acquiescé. Et, à ce moment-là, j'ai commencé à écrire mon roman.

Alea jacta est !

Un hiver pas comme les autres

C'était un vent d'hiver glacial, avec de grandes dents qui mordillaient les oreilles jusqu'au sang. Des flocons tombaient comme des lames de couteaux, et transperçaient la peau. Les joues rougies par le gel, les doigts congelés, personne n'osait s'aventurer à l'extérieur.

C'était un hiver qui ne ressemblait à aucun autre. Plus rude, plus persistant, couvrant de gel les toitures et les rues. Il s'éternisait. Le temps lui-même était gelé.

Les os de Theci craquaient comme une vieille charpente. Tout s'écroulait autour d'elle, même le monde.

Le soir du réveillon, elle s'était tout simplement enfermée, pour que personne ne vienne à l'improviste la déranger, encore moins sa voisine, qui par pitié, lui apportait une part de bûche au chocolat qu'elle détestait. Dans le noir, la cheminée lui offrait la chaleur et l'odeur d'une nuit sans fin. Elle avait le plaisir de la regarder tout en laissant partir en fumée ses idées noires, les mêmes que tous les noëls. Chaque année, la même rengaine : subir les appels téléphoniques de joyeux Noël sans conviction.

L'hiver poussait les gens vers l'intérieur. C'était dans son intériorité que Theci découvrait un ouvrage qui allait l'emmener jusqu'au bout de la nuit. Elle s'était pourtant bien juré qu'elle ne lirait jamais un auteur ressuscité d'outre-tombe, qui au kilomètre écrivait des phrases élastiques. Elle détestait les détails : « Ils font tous du remplissage de pages », marmonnait-elle. Elle privilégiait les récits courts, qui transperçaient le cœur, « en plein dans le mille », du direct, pas de détour. Pourquoi tergiverser ? Du court, du bref, histoire de ne pas faire durer l'hiver plus longtemps.

Lui, le poète maudit, venait de chambouler sa nuit.

Elle l'avait découvert à l'école et par le biais de films, de témoignages et de biographies, quelques extraits lus dans les livres scolaires. Mais jamais ô grand dam, elle n'aurait eu le courage de lire un auteur intemporel qui avait existé à une époque où fleurissaient encore des génies ; ces génies mêmes qui offraient en héritage leurs écrits uniques transportaient le lecteur vers une époque lointaine.

— J'aurais tant aimé être lui ! soupira-t-elle.

Dehors, Theci regardait des flocons tapisser les vitres de sa fenêtre, elle qui aimait coller son nez dessus.

« .../... Je n'avais pas cessé en dormant de faire des réflexions sur ce que je venais de lire, mais ces réflexions avaient pris un tour un peu particulier ; il me semblait que j'étais moi-même ce dont parlait l'ouvrage.../... »[2]

---

[2] À la recherche du temps perdu tome 1 - Proust

Au fil des heures, elle se trouvait des points communs avec lui, des similitudes jusqu'à fantasmer qu'il s'était réincarné en elle, elle était lui. Il y avait trop de... Trop de rapprochements.

Et si c'était vrai ?

Elle était une épicurienne. Elle avait peur de perdre un morceau de son existence, pensant que, si elle laissait filer les jours, les mois, les années, ça lui raccourcirait la vie, et la ferait fondre comme neige au soleil. Étrange croyance. Elle n'était pas seule dans cette course folle contre la montre. Ils étaient des milliards comme elle, à avoir peur, peur de ne plus exister, peur de ne plus être, et de ne devenir que du vide.

L'hiver la séquestra chez elle. Ce qui ne lui déplut pas. Theci s'écroula de tout son séant sur le fauteuil. Une bougie rose parfumée lui rappelait la couleur de la vie, elle étirait sur les murs les ombres de vieux fantômes qui émergeaient des profondeurs de l'âme.

La flamme déformait sa silhouette, longue et fine, jusqu'à atteindre le plafond, et toucher le lustre, style art déco. Qu'importe ! Le fauteuil épousait parfaitement ses rondeurs, si bien qu'en se levant pour chercher une tasse de thé, il n'osa pas reprendre sa forme initiale, soucieux de garder l'empreinte de Theci. Même les meubles ont une mémoire.

Elle se fichait bien de ce que les autres pouvaient penser de ses goûts, puisque plus personne ne venait chez elle. Elle avait dissuadé ses amis de passer à l'improviste. Ils avaient espéré une invitation de sa part, comme au bon vieux temps, au dernier moment. Peu à peu, les visites s'étaient espacées, et la porte de Theci avait fini par rester fermée. Elle n'en était pas offusquée, bien au contraire, cette situation était une échappatoire. De toutes les façons, Theci n'aimait pas les mondanités. Elle détestait parler de longues soirées à refaire le monde, ça l'agaçait au plus haut point. Le monde ne se refait pas, il se défait. Elle n'allait plus sur les réseaux sociaux, elle ne supportait plus les gens râler, grogner après la météo, toujours à redire du temps. Un coup trop chaud, un coup trop froid, jamais contents. Il paraît que c'est typiquement français… il fait froid… l'électricité coûte de plus en plus cher, les élections arrivent bientôt et on va enfin se débarrasser de tous ces fanfarons avec leurs sermons, leurs leçons de moral, avec les : « on dépense trop », faut se restreindre, sobriété oblige… Et puis, il faut s'éviter. Ne pas se croiser, ne plus se toucher, et le pass sanitaire...

Inutile de lire les journaux ou d'allumer la télé. D'ailleurs, elle n'en avait pas, et pour cause ! Les gens se chargeaient très bien de lui faire l'actualité, elle n'avait jamais la paix. Le président de la République avait présenté une allocution : *Ah ! C'est qui déjà ?*

Elle avait fini par se réfugier dans le roman, elle saturait de la bêtise humaine, des commentaires sur tout, et surtout la politique. Elle s'en foutait. Alors, elle avait décidé de stopper le sablier fatidique, l'emprisonner chez elle. Se confiner volontairement, sans que les autres s'en mêlent. Elle était antipass, anti vaccin, anti politique, anticonstitutionnelle, anti moustique, antibiotique, anti anti, anti tout.

« …/… Il y avait déjà bien des années que de Combray, tout ce qui n'était pas le théâtre et le drame de mon coucher, n'existait plus pour moi, quand un

jour d'hiver, comme je rentrais à la maison, ma mère, voyant que j'avais froid, me propose de me faire prendre une tasse de thé, je refusai d'abord et, je ne sais pourquoi, me ravisai, elle envoya chercher un de ces gâteaux courts et dodus appelés : « Petites madeleines », qui semblaient avoir été moulées dans la valve rainurée d'une coquille de Saint Jacques .../... »

C'était lui sa madeleine, sa douceur, sa pâtisserie fondante à souhait, qui dans sa bouche, lui faisait perdre de vue la morosité de l'hiver. Un peu de chaleur dans son cœur, qui ne demandait qu'à s'enflammer de nouveau.

La vérité ne se cachait pas dans les pages du livre. Elle était tapie au fond d'elle, avec une forte envie de ressortir et dévoiler le doux plaisir d'un souvenir : celui du bonheur de redevenir la jeune fille aux cheveux longs qui faisait tant rêver les garçons.

« .../...Et bientôt, machinalement, accablé par la morne journée et la perspective d'un triste lendemain, je portai à mes lèvres une cuillère de thé .../... »

La saveur du thé devint dans sa bouche un long et langoureux baiser d'un amant fougueux. Elle imaginait son visage à la lueur de la bougie.

« .../... *Un petit coup au carreau, comme si quelque chose l'avait heurté, suivi d'une ample chute légère comme des grains de sable qu'on eut laissé tomber d'une fenêtre au-dessus, puis, la chute s'entendant.../...* ».

Une boule de neige venait de s'écraser contre la vitre du salon. : « *Il reste encore des adultes qui ont gardé un cœur d'enfant* », pensa-t-elle amusée.

Une envie de fraîcheur se fit sentir. Elle posa son livre, retourna dans la cuisine, ouvrit la porte du réfrigérateur, attrapa une « pétillante ».[3]

« .../... *Je voulais poser le volume que je croyais avoir encore dans les mains et souffler ma lumière ; je n'avais pas cessé en dormant de faire des réflexions sur ce que je venais de lire, mais ces réflexions avaient pris un tour un peu particulier ; il me semblait que j'étais moi-même ce dont parlait l'ouvrage.../...* »

_____

[3]Tout ce que tu aimes boire avec des bulles

Elle reprit le premier tome. Il devint dans ses mains lourd et puissant comme un sein rempli de lait. Elle ne tenait pas à en perdre une goutte. Il lui procurait une sorte de dépendance, et la ramenait à l'époque de sa jeunesse pleine d'insouciance.

La neige avait recouvert les peupliers de blanc, elle s'était déposée sur les cheveux de Theci, mais pas sur l'auteur : lui, était intemporel. Il pouvait dans les années à venir, surprendre de nouveaux passionnés de lecture.

…Theci l'imaginait avec une silhouette juvénile à l'allure d'un Tanguy parisien. Non seulement il était étonnant, car il avait la faculté des grands auteurs de ne pas disparaître des mémoires, ni des bibliothèques.

« *Ce que je reproche aux journaux, c'est de nous faire faire attention tous les jours à des choses insignifiantes, tandis que nous lisons trois ou quatre fois dans notre vie les livres où il y a des choses essentielles.* »

Ah les journaux ! Elle en connaissait un rayon. Vingt-trois ans de sacrifice, quasiment un quart de siècle de sa vie, au service du mensonge et de la manipulation. Un métier qu'elle n'avait pas choisi, imposé par son professeur de français, lorsqu'elle n'était qu'en troisième. Il lui avait poussé les portes du destin, elle qui se cherchait toujours. Elle aurait pu faire des tas de métiers. En changer constamment ne l'aurait pas dérangée. Son professeur principal qui s'était chargé de cette mission, avait eu de l'empathie pour son élève, parce qu'elle ne parvenait pas à trouver sa voie. Il fallait bien que quelqu'un se dévoue pour lui dégoter un avenir.

Elle venait d'être percutée en plein cœur. Le premier tome tapait fort. Il la martelait à chaud comme le ferronnier avec son enclume. Eh oui, c'était toujours d'actualité ! Le livre la rappelait à l'ordre.

Rien n'avait changé.

Pour ce genre de lecture, elle aurait aimé se balancer dans un rocking-chair. Il l'aurait bercé tel un bébé dans les bras de sa mère. Elle se serait retrouvée à l'époque où l'on aimait le bruit du bois qui craque et du fauteuil qui grince.

La bougie dansait, éclairait à demi-teinte les pages. Le regard collé au récit, interrogative, Theci poursuivait la narration.

« .../...*Elle ne pensait pas que les grands souffles du génie eussent sur l'esprit même d'un enfant une influence plus dangereuse et moins vivifiante que sur son corps, le grand air et le vent du large*.../... ».

Bouleversée par le récit, son esprit torturé l'incitait dans une détermination obsessionnelle à vouloir dépasser le maître. Toucher les pages d'un livre était aussi sensuel que d'effleurer une peau satinée. Un seul mot devenait une tendre caresse qui sur la rétine, explosait comme les couleurs d'un tableau contemporain. Le froissement des feuilles composait un son mélodieux. Il l'apaisait. Elle tenait le livre, prisonnier entre ses mains, de peur qu'il ne s'échappe. Égoïstement, elle préservait le plaisir de respirer l'odeur du vieux papier.

Peu à peu, la tombée de la nuit faisait danser ses fantasmes les plus fous. Aux extrémités des doigts, des crampes lui provoquaient un fourmillement désagréable. Une envie pressante d'interrompre la lecture s'imposait, mais elle craignait d'offenser l'auteur. Qu'aurait-il pensé d'elle en la voyant ainsi abandonner son livre ? L'âme d'un auteur vit dans son ouvrage. Il y était toujours présent. Il pouvait toujours influencer le lecteur quelle que soit l'époque.

Elle redoutait qu'il puisse intervenir, la bousculer par son attitude irrespectueuse. Cela aurait été un camouflet pour lui, qui, avec délicatesse, avait fait honneur à la mousse au chocolat de Françoise la gouvernante au service de sa famille, sans quitter la table avant la fin du repas, sans même laisser un peu de ce fameux dessert. Comment pouvait-elle ne pas le vexer de la même manière avec ce genre d'impolitesse ?

Le temps était compté, il était sacré. Le moment était mal choisi. Elle devait se raisonner. Les crampes finiraient bien par passer. Ce n'était pas une lecture anodine qui s'offrait à elle, mais une invitation à une rencontre, comme une résurrection de l'auteur, à la frontière de tous les possibles.

Elle était déterminée à poursuivre sa lecture sans relâche : aucun évènement ne viendrait interférer. Elle était littéralement envoûtée, menottée au livre. Seul un écrivain de sa grandeur pouvait parvenir à la saisir ainsi au vif. Chaque mot s'agrippait le long de sa colonne vertébrale, tel un animal sauvage, toutes griffes dehors, arrachant au passage la chair. Elle souffrait. Un véritable supplice. Elle gardait ainsi dans sa mémoire, toute la douleur de n'avoir jamais été à la hauteur de l'écrivain. Cette passion mêlée à la haine, n'était au fond qu'une jalousie déguisée.

Concentrée, absorbée, elle ne le fut pas pour longtemps, car la sonnette retentit.

« .../... Je fus effrayé de penser que c'était bien cette sonnette qui tintait encore en moi, sans que je ne puisse rien changer.../... »

Elle se releva dans un profond soupir. Pénible effort. Et, cerise sur le gâteau, c'était bien la bonne heure, l'heure de la visite des chats errants du quartier. Malgré le froid, la voisine n'avait pas abandonné la besogne qu'elles partageaient, un deal, une alliance avec l'univers, pour apaiser leur conscience. Ni l'une ni l'autre n'aimait s'apitoyer sur la condition humaine, tout avait été dit sur le sujet. Le comportement bestial de certains les avait convaincues de ne plus avoir de compassion. Alors, elles préféraient se rabattre sur les *felis silvestris,* et s'affairer à leur mission de mère Teresa de « chalcuta ».

Elles avaient aussi trouvé une autre vocation : s'occuper des volatiles tournoyants au-dessus des balcons. Eh oui, à vingt ans on court après les garçons, à la soixantaine, on jette des graines aux pigeons. Ça l'amusait. Elle voyait dans cette circonstance le privilège de la vieillesse : de ne plus craindre le ridicule et les moqueries du voisinage.

La voisine redonna un coup bref sur la sonnette, persuadée que Theci avait aussi un problème de surdité. « C'est fou ce que les gens peuvent généraliser, comme si être sourde était contagieux. », soupira Theci. Sa chatte voulait en profiter pour sortir. Elle abandonna vite son joujou, courut à la porte, se mit sur ses pattes avant pour tenter d'attraper la poignée, et ouvrir la porte. Elle connaissait bien la voisine. Theci posa son doigt sur sa bouche : message reçu. La chatte n'insista pas. Une araignée pendue au plafond, venait de se réfugier sous le fauteuil : mauvais choix. À sa vue, Mièle retrouva vite ses instincts de félin et tenta de l'emprisonner entre ses griffes.

La voisine repartie, Theci pouvait reprendre sa lecture. Elle revit son institutrice sous les traits de la gouvernante Françoise, fausse, hypocrite, d'une dureté implacable : une Françoise aussi. Elle se revoyait sur le banc de l'école, au cours préparatoire, année décisive qui la dirigerait vers la grande école. Elle, au fond de la classe, avec tous les bonnets d'âne qu'on cherchait à évincer.

Au fil des pages, Theci découvrait que ladite Françoise infligeait de la souffrance à une jeune fille à son service, allant jusqu'à prendre un malin plaisir à la voir faire des crises d'asthme pendant qu'elle préparait des asperges. Theci aurait volontiers torturé et défiguré la gouvernante avec l'épluche-légumes utilisé par la jeune fille. Elle s'identifiait à cette pauvre enfant maltraitée, ressentant de la sympathie et de la pitié pour elle. Savoir qu'elle était devenue une sorte de bouc émissaire lui déclencha une quinte de toux. Comme pour le romancier, les crises de Theci étaient symptomatiques. Lui, le maître, avait l'art de ramoner son passé. Son enfance lui tombait dessus comme la suie dans le conduit de la cheminée. Le livre n'était pas un simple récit, car il reliait leur vie, une vie de passionnés. Elle s'interrogeait sur la façon avec laquelle il parvenait à transformer ses traces de vie, en souvenir universel.

.. Elle aussi avait eu la volonté d'écrire des romans, et cela, dès sa jeunesse. Et aujourd'hui plus encore. Ce désir grandissait, occupait tout son esprit tout son être. C'était une pathologie, le syndrome d'un flux d'idées qui ne cessait pas de couler à flots et dont elle ne parvenait pas à freiner le débit. Tout filait à la vitesse de l'éclair. Elle avait manqué de tout, de l'amour, de la compassion, de sécurité ; et principalement du nécessaire.

La maison Dorée ! Un autre lien en commun. Trop de coïncidences. Était-ce possible, ou le fruit de son imagination ? C'était un restaurant très chic, situé à proximité de la gare de Saint-Chamond. Elle y avait été serveuse, un petit boulot dégoté par une voisine : un autre coup de pouce du destin.

Tous les samedis soir, elle était de service, les cheveux attachés, vêtue de noir, d'un tablier brodé de dentelle blanche et chaussée de souliers noirs vernis. Elle paraissait sortir d'un album de photos jaunies. Elle aimait le grand salon qui servait de réceptions occasionnelles, lors de soirées privées, où les invités étaient triés sur le volet. C'était un endroit magnifique. Un haut plafond avec rosaces et lustre de verre scintillant, des tableaux aux cadres dorés, des fauteuils rouges en velours. Posés sur une table, des chandeliers en argent, et des verres à pied en cristal.

Dans cette ambiance de château, elle se sentait vivante, importante. Elle avait rencontré un artiste peintre. Il l'avait invitée dans son univers. Il lui avait ouvert les portes de l'art, et grâce à lui, elle découvrait des artistes en pleine gloire, des poètes, « du beau monde », comme elle s'amusait à le dire. Elle aimait plonger dans cette atmosphère à l'odeur de Havane, dans ces interminables soirées de lectures à la manière du *Cercle des poètes disparus*.

« … / … M*a vie actuelle, au lieu de me sembler une création artificielle de mon père et qu'il pouvait modifier à son gré, m'apparaissait au contraire comme comprise dans une réalité qui n'était pas faite pour moi, contre laquelle il n'y avait pas de recours, au cœur duquel je n'avais pas d'allié, qui ne cachait rien au-delà d'elle-même … / … ».*

…Ces mots, échappés du roman, lui rappelaient que sa vie n'était qu'une cascade de malentendus. Elle aurait bien volontiers fait un tour pour retrouver le temps, le temps du bonheur, et celui où elle était la jeune fille en fleur.

Il avait vécu les déboires de l'autoédition avant d'être reconnu comme un auteur hors pair. L'unique de sa génération à parler en toute liberté de son homosexualité, avec un style d'écriture où la mémoire affective et les sentiments se mêlaient. Il s'inspirait de personnages qui meublaient sa vie. Également, Theci puisait son inspiration dans le vécu. …On ne peut pas inventer des histoires si elles n'ont pas déjà eu une existence dans des mémoires enfouies.

Il ravivait en elle de profonds souvenirs, et à chacune des pages, il offrait à Theci la possibilité de replonger dans son intériorité, d'extraire au romancier quelques bribes de situations similaires. Ce n'était plus la même génération. Ni lui ni elle, ne prenaient des gants pour exprimer ce qu'ils avaient à dire. Elle était dans un interminable monologue, où juste, la lueur de la bougie éclairait son visage et ses yeux humides de tristesse. Elle se sentait nue comme un acteur de théâtre au milieu de la scène, occupe un espace vide pour le remplir de sa présence. Tout autour de lui, des milliers de regards braqués le scrutent dans ses moindres gestes. Elle aussi se sentait observée.

Dehors, un voile indigo venait de couvrir la ville. Avec énergie, sa chatte patinait sur la vitre de la porte-fenêtre. Une étoile illuminait le ciel : « *Regarde, viens voir ! Il y a une étoile qui brille dans le ciel ! Lâche-le ce bouquin, tu vois bien qu'il n'est que souffrance !* ».

Theci faisait une rupture avec le temps, bien décidée à ne pas être importunée, quoi qu'il arrive. Une sorte de marathon de la lecture. Collée dans son fauteuil pour une longue période, elle ne s'autorisait que l'essentiel, et les besoins de sa petite chatte Mièle : elle qui faisait craquer tous les passants et les voisins, avec son petit côté Sacré de Birmanie et sa démarche chaloupée. Si bien qu'une voisine très discrète l'avait prise en affection et avait cédé à tous ses caprices dès sa première rencontre,

Theci admettait que son animal était une bénédiction. Elle n'avait plus le sentiment de n'être utile que pour les animaux, mais également pour son entourage. Tout comme le romancier, elle voyait la nécessité d'avoir une vie sociale. Pourtant, elle ne voulait rencontrer personne dans les escaliers ni sur le parking, par honte d'avoir à justifier de n'avoir jamais réussi à réaliser un de ses rêves.

Elle savait pertinemment que si elle continuait dans cette lancée, à vouloir fuir les autres, elle deviendrait une vieille aigrie, acariâtre, qui toute la journée maugréerait en répétant sans cesse qu'avant, c'était mieux.

À force de ne plus parler aux gens, on finit par oublier pourquoi on ne leur adresse plus la parole.

« .../... *Toutes les fois que l'esprit se sent dépassé par lui-même ; quand lui, le chercheur, est tout ensemble le pays obscur où il doit chercher et où tout son bagage ne lui sert à rien. Chercher ? Pas seulement : créer.../...* »

Elle ne cherchait plus, elle avait posé ses valises, ne voulait plus être en quête d'un but existentiel.

Avait-il raison de dire qu'un récit conçu dans l'esprit de son auteur pouvait être immortel ? Qu'importe qu'il n'ait pas existé sous la forme d'un livre avec une belle couverture de papier glacé, ou d'un gros pavé à faire pâlir les dictionnaires, il avait déjà eu une existence immatérielle. De cela, elle devait s'en satisfaire. Finalement, elle se demandait si écrire était vital, ou un moyen d'exorciser ses propres peurs, et la plus terrifiante à ses yeux, celle de ne plus exister.

De page en page, elle surfait sur son passé. Il l'obligeait à se remémorer une nuit, l'ultime, où elle avait décidé d'arrêter le temps, ce maudit temps. Parviendrait-elle à la fin ? En arriverait-elle à bout ? Pourquoi avoir justement choisi cet interminable roman ? Alors, le soir, en guise de tisane, elle lisait, ça l'aidait à s'endormir.

« .../...Car le regret comme le désir ne cherche pas à s'analyser, mais à se satisfaire, quand on commence d'aimer, on passe le temps non à savoir ce qu'est son amour, mais à préparer les possibilités des rendez-vous du lendemain. Quand on renonce, on cherche non à connaître son chagrin, mais à offrir de lui à celle qui le cause, l'expression qui nous paraît la plus tendre. On dit des choses qu'on éprouve le besoin de dire, et que l'autre ne comprend pas, on parle que pour soi-même.../... »

La mémoire a la faculté de conserver intact les souvenirs et particulièrement les odeurs.

Un délicieux souvenir venait d'embaumer sa lecture. Un petit retour au temps des premières amours de jeunesse, où elle donnait rendez-vous à son amoureux. Elle en était éperdument accro. Dès qu'elle le voyait, elle ne parvenait plus à se contrôler. Elle l'aimait, et aussi loin que ses souvenirs remontaient, il était le seul à lui donner l'envie de garder le plus longtemps possible ses quinze ans. C'était si bon l'odeur des feuilles mouillées, et les baisers salés, lavés par les gouttelettes ruisselant sur les visages.

Ainsi, les rendez-vous habituels sous le sapin, se renouvelaient à la venue du printemps.

Chaque gorgée de thé ravivait de vieux souvenirs. Telle une horde de bêtes sauvages, des événements douloureux se ruèrent sur elle, laissèrent des marques pour lui rappeler son enfance blessée.

Aussitôt, elle se replongea dans sa solitude, éclaboussée par une réalité trop dérangeante. À force d'observer la nature, elle avait constaté que tout fonctionne par deux : un oiseau sur le toit en attire un autre, et petit à petit, le clan s'agrandit à l'unisson, et dans une belle envolée de bruit d'ailes, il noircit le ciel, émerveillant le regard des badauds qui croient au rythme poétique des saisons.

Lui, le maître, paraissait s'envoler.

« Tout est vanité et poursuite du vent ». Elle poursuivait sa lecture qui l'emportait vers la découverte du temps perdu.

Alors, avant que tout ne cesse, elle voulait faire tourner la roue pour que le vent souffle enfin de son côté, mais jamais plus dans le dos.

À l'adolescence, elle avait eu le syndrome de Madame Bovary. Elle s'assimilait au premier rôle féminin dans les bras d'acteurs américains, qui eux, c'était une certitude, n'en avaient rien à foutre de savoir si elle avait ou pas, la taille mannequin. Elle se faisait de sacrés films. La réalité l'avait rattrapée à la vitesse de la lumière, loin d'être désormais une femme meurtrie, elle avait alors fièrement relevé la tête. Elle adorait la provocation, la connerie poussée à l'extrême, jusqu'à franchir le seuil de l'absurdité.

C'est dans l'absurdité que l'art est né. L'art lui-même, ne l'est-il pas ?

Toute sa vie, elle avait été en quête d'amour. Elle ne l'avait connu qu'à travers les livres, à travers lui, l'auteur meurtri, comme lui en désir d'affection. Elle ne fuyait pas, ne tentait pas d'étouffer sa douleur, elle l'exorcisait à travers la lecture. Pourtant, rien ne laissait présager que dans un récit comme celui-ci, elle pourrait en extraire toute la substance, le but ultime d'être.

« .../... *On ne se doute pas que la mort qui cheminait en vous sur un autre plan, a choisi précisément ce jour-là pour entrer en scène...*/... »

Depuis celle de sa mère, la mort la tourmentait. Elle avait pris conscience de l'impact des mots. Ce fut la goutte d'eau, un mot de trop, les non-dits gardés, les choses que l'on n'osait pas avant.

Theci était partie à dix-huit heures en claquant la porte, avec le mot de trop. Ce mot faisait encore écho, et aujourd'hui, il résonnait encore.

Effeuiller de cette manière sa vie lui permettait de tourner définitivement la page, et oublier que sa vie n'était qu'un palimpseste. Une nuit, sur le pont, tout avait basculé, Theci s'y était arrêtée. Elle savait.

La possession du bonheur est éphémère, aussitôt attrapé, aussitôt évaporé. Il est une fracture entre le moment présent et ce fichu passé.

L'auteur avait raison, nous construisons nos vies sur celles des autres, au risque de se tromper, de tomber dans les illusions. Il venait d'extirper d'elle une autre réalité : l'analyse de sa propre vie. La mémoire efface les douleurs, seul le corps a la faculté de les faire renaître.

Le souvenir d'un d'hiver à la montagne revint immédiatement pour lui donner le sourire aux lèvres, elle se remémorait une journée de Noël, l'an dernier, à Rencurel, où ses enfants lui avaient offert une semaine de vacances avec Mièle, pour échapper à la mélancolie et l'isolement du réveillon.

« .../... Le premier de ces jours— auxquels la neige, image des puissances qui pouvaient me priver de voir Gilberte .../... »

C'était une belle journée. De la neige à perte de vue, et le silence tout autour habillait la nature. La terre entière lui appartenait. C'était un jour propice à dévaler les pentes. Dans le local à vélo du gîte, elle avait trouvé une vieille luge abandonnée, parce que démodée. D'un revers de manche elle avait ôté la poussière comme pour balayer des fragments de vie qui la faisaient vieillir prématurément. Elle avait fait un cadeau à sa chatte : un sac rose à paillette, pourvu d'une coque transparente pour voir la mort en direct, ce que l'animal ignorait.

Toute guillerette, Theci s'était précipitée vers la piste de ski. Elle qui ne le pratiquait pas, novice et inconsciente. Theci riait aux éclats, elle revoyait bien la scène : elle avait dévalé la piste, freiné avec ses bottes, pour finir sa course folle contre un sapin, et atterrir tête la première dans la neige.

Miele, les quatre pattes en l'air, les yeux écarquillés, la gueule grande entrouverte, laissait couler un filet de bave dégoulinant sur son pelage. Tétanisée, elle avait laissé échapper un miaulement si fort qu'elle en aurait presque déchiré le ciel. Traumatisée, elle avait boudé sa maîtresse tout le long du séjour.

« .../... Mais j'avais beau savoir que je n'étais pas dans les demeures dont l'ignorance du réveil m'avait eu un instant sinon présenté l'image distincte, du moins fait croire la présence possible, le branle était donné à ma mémoire.../... »

Elle semblait s'enfoncer dans le fauteuil, des heures à lire à la lueur de la bougie. Elle luttait contre le sommeil. Pourquoi vouloir s'obstiner ainsi ? Ses yeux épuisés, déformaient certainement la réalité. Dans le salon, sur le pan d'un mur, la silhouette d'un corps naissait dans l'obscurité. Sûrement un jeu subtil provoqué par la bougie. Intriguée, elle posa son livre sur ses genoux, la chatte par instinct ne bougea pas. Elle sentait que la silhouette dont les traits, de plus en plus apparents, lui donnaient la forme d'un personnage hors du temps. La flamme s'allongeait, étirait sur le mur, une silhouette grandissante.

Mièle, se redressant sur ses pattes, jeta un regard sur sa maîtresse, et toutes griffes dehors, attrapa le livre pour le faire tomber.

Theci figée, le visage cireux, le souffle coupé, attendait. Elle espérait trouver à travers le regard de sa chatte, un signe qui pourrait la rassurer. Un signe, pour lui donner un peu de baume au cœur ; un signe d'espoir, d'espérance, en cette période d'étrennes

Les miracles existent, non ?

Par enchantement, tout devenait réalisable. Par un miracle qu'elle désirait tant, il était là.

Dans sa grandeur, dans toute sa fragilité, vêtu d'une redingote, d'une chemise blanche, d'un nœud papillon, il venait de s'introduire à sa soirée, planté devant elle, prêt pour une nuit de réveillon.

Sa chatte par curiosité, vint à sa rencontre. Elle donnait l'étrange impression de connaître ce personnage bien singulier. Surpris, le cœur de Theci se mit à bondir de joie. La crainte et la peur du moment, avaient laissé place à un bonheur immense, celui de croire enfin à ses rêves d'enfance. Les histoires, c'est bien connu, ont toujours une part de vérité.

Ce soir, elle ne serait pas seule. Jailli du roman, il était là. La flamme de la bougie par moments s'étouffait, mais Theci le distinguait nettement. Elle discernait sa propre voix l'appeler :

— Marcel !

Elle n'obtint pas de réponse, mais dans son cœur il lui avait déjà répondu.

La chatte ronronnait.

Se retrouver dans une totale obscurité ne l'effrayait pas. La présence de l'auteur lui apportait un peu de chaleur. Elle n'aurait jamais espéré recevoir un tel cadeau.

Jamais elle ne pourrait l'oublier.

Elle avait accepté qu'entre elle et lui naisse une relation particulière. Leur destin les avait unis pour une nuit, et quelle nuit ! Il y avait chez elle, une sorte de conviction et la foi que tout était possible.

Theci, heureuse de voir sa chatte se blottir contre elle, l'entoura de ses bras. Leurs cœurs battaient à l'unisson. Ainsi se manifestait la vie.

Était-il toujours dans la pièce ? Interrogative, cimentée sur le vieux fauteuil voltaire, le regard de Theci fouillait désespérément dans l'obscurité, pour trouver une réponse.

Dehors, un lampadaire venait d'éclairer son salon, apportant une réponse à ses interrogations

Dépitée, en une fraction de seconde, il lui brisa le cœur.

Marcel s'était effacé, sans trace, comme un dessin sur un tableau noir.

« .../... *Je ressentis devant elle ce désir de vivre qui renaît en nous chaque fois que nous prenons de nouveau conscience de la beauté et du bonheur. Nous oublions toujours qu'ils sont individuels et, leur substituant dans notre esprit un type de convention que nous formons en faisant une sorte de moyenne entre les différents visages qui nous ont plus, entre les plaisirs que nous avons connus, nous n'avons que des images abstraites qui sont languissantes et fades .../...* »

Elle sentit un grand vide à l'intérieur d'elle-même, sa moitié l'avait quittée.

Elle l'avait tant désiré.

Pourquoi les hommes préfèrent la bière à l'eau ». La bière enivre, l'eau envoûte. Pedro attendait le moment où son ami le Breton lui dirait : « OK on part ! », ensemble, ils largueraient les amarres...

Une balade en mer

Étonnée que Pedro acceptât d'emblée de l'emmener sur son voilier, Theci, heureuse, se réjouissait de faire partie de l'équipage. La veille du départ, Pedro lui avait envoyé un SMS.

Dress code : le strict minimum Maillot de bain et petite laine.

Ils se donnèrent rendez-vous aux alentours de 8 h 30 à la gare TGV Valence, à mi-chemin du lieu de leur domicile. Sur le parking de l'arrêt minute, Theci reconnut la voiture de Pedro. Sourire aux lèvres, voiles derrières les oreilles, et le cœur déjà sur le bateau, Theci posa son sac dans le coffre, puis, grimpa à l'intérieur du véhicule comme sur le voilier *Océa*. Arrivés au port de Toulon, une chaleur écrasante les cloua au sol. Les bras chargés de victuailles, assoiffés, fatigués par la route et les bouchons, ils languissaient d'être sur le bateau.

« Ce soir on crèche au port ! Demain matin promis, on naviguera à la fraîche ! », petit clin d'œil de Pedro pour la rassurer que ce jour perdu serait vite rattrapé.

Au petit jour, le voilier quitta le port. Enfin ! Theci se délectait de l'odeur de l'authentique, des coquillages, du sel, et de la mer. Un vent se leva :

« 15 nœuds, précisa Pedro, Theci tient bien la barre ! ». Elle s'accrochait. Surtout, elle ne tenait pas à les décevoir. Avec toutes ces consignes, elle avait bien saisi que la gent féminine pouvait poser problème. Elle tenait bon le cap. Le vent se moquait d'eux, giflait la voile, sifflait entre les cordes.

« On file vers Porquerolles ! Tu vas découvrir notre coin de paradis », fit Jacky en lui montrant sur la carte le circuit sur deux jours, avec le tour des petites îles et du bleu turquoise plein les yeux !

Cheveux détachés, lunettes de soleil sur le nez, teint halé, Theci jouait les starlettes. Le voilier glissait sur l'eau, le temps glissait sur Theci.

Dans la journée, Pedro lui expliqua comment jeter l'ancre. Le vent s'était retiré. Le maillot de bain à paillettes, captait les rayons du soleil.

Aveuglé, Pedro la taquina : « Quand on est une sirène on va au fond de l'eau ! ».

« La sirène restera à la surface ! », s'énerva-t-elle, ce qui amusa beaucoup Pedro.

Au fil des heures, chacun marquait son territoire, laissait l'autre entrer davantage dans son intimité. Jacky et Theci préparèrent une pizza. Cuisiner à deux dans un espace restreint, les rapprochait. Ils riaient comme des enfants. Ils s'amusaient de la superstition des marins, si bien que le mot « lapin » fusait, et les seaux d'eau pleuvaient à gogo. Elle voyait toute la moquerie dans le regard malicieux des deux complices qui la prenaient pour une novice.

Tard dans la soirée, la nuit avait peint en noir le ciel. Toute la côte était couverte de ce voile épais et obscure. Conscients que le temps se rétrécissait, ils balancèrent par-dessus bord tout le protocole des bonnes manières. Terminé les secrets entre eux. « Avec Jacky, on est comme un vieux couple, pas besoin de se parler, tout est dans le regard », affirma Pedro. Ils étaient bien plus que ça. Ils étaient comme un véritable coffret à trésor, rempli de pépites, de souvenirs, de jeux d'enfants, de vieux papiers griffonnés, de livres de coloriage…, et même d'un journal intime.

Au lever du soleil, au garde à vous tous les trois sur le pont, ils étaient prêts à repartir. Jacky proposa à Theci de barrer le voilier jusqu'à Port-Cros : « Tu vois, le métier commence à rentrer, tu ne fais plus de zigzags aujourd'hui, et tes mouvements sont moins brusques. », « Hé ! la sirène, c'est ton dernier jour ! Tu vas retrouver les poissons au fond de la mer ! », insista Pedro.

Theci ne broncha pas, elle savourait…

Après une brève analyse de sa situation, elle touchait du doigt toute la fragilité de ses croyances, ainsi que le but de son existence, à laquelle elle pensait avoir donné un sens. Rien n'était plus important que le lien qui l'unissait à la mer. Les deux hommes lui offraient l'opportunité de se réconcilier avec sa vraie nature.

En fin de journée, l'ancre jetée, Theci en avait profité pour admirer la danse des poissons argentés. Elle les avait surnommés « les Derviches aquatiques ». Pour faire durer la danse du Samā, Pedro leur lançait des chips. Theci les imitait, ondulait comme eux. Jacky filmait la scène pour que rien ne s'efface. Les poissons semblaient posséder la mer.

Après la baignade, ils partagèrent un apéritif dinatoire, lancèrent quelques « lapins », juste pour défier le mauvais sort, et trouver le prétexte de s'arroser une dernière fois. Ils se comportaient comme des gamins.

Puis, à la tombée de la nuit, quand les silhouettes peu à peu disparaissaient, ils voulurent savoir qui ils étaient réellement, comme si, par pudeur, ils n'osaient se dévoiler. La soirée annonçait des révélations. Et sans retenue, avec une envie soudaine de se dévoiler,

Pedro brisa enfin la glace. Son passé défilait. Il parlait de sa séparation, du rachat de la maison. Il ne voulait pas quitter les lieux, c'était toute sa vie : son terrain, ses chevaux… Il était hors de question de s'en débarrasser pour les caprices de « Madame ». Puis, il y avait eu une aventure passagère de quelques jours, il s'était pris l'échec « en pleine poire », et se demandait pourquoi dans la vie, il ne parvenait jamais à se décider et à être ferme dans ses décisions.

Quant à Jacky, il venait de signer un compromis de vente, il envisageait d'énormes travaux, encore des années de sacrifice. Il se sentait un peu seul et pas soutenu. Quarante ans de mariage, c'est bien non ? « Si l'amour est encore là ?! » Jacky n'avait pas répondu. Répondre l'engageait à mettre tout à plat. Sa femme détestait les sorties, les balades en bateau, elle ne l'accompagnait pas pour voir ses potes. D'ailleurs, elle ne le suivait nulle part.

« Tu ne te sens pas un peu seul Jacky ? » Obstinément, Jacky gardait le silence.

Comme s'il avait été piqué, Pedro se redressa d'un bond : « Je suis fatigué, je vais me coucher, bonne nuit à vous deux ! Tu n'as pas sommeil Jacky ? », « Non. » Jacky resterait sur le pont avec Theci à regarder l'horizon. Il n'y avait rien à voir. Que du noir. Pas très à l'aise, Theci ne désirait pas tenir une conversation, ou parler d'elle. Jacky, lui, fixait le vide. Theci ne savait pas si elle devait enchaîner sur quelque chose… Plaisanter ? Ils l'avaient fait tout au long du séjour. Ouvrir son cœur ? Ça ferait trop mal. Quoi d'autre ? Rien. Jacky tourna la tête, chercha à travers Theci, un soutien. Theci jeta son regard dans l'eau.

Dernière nuit : tumultueuse.

Le lendemain, Pedro était le premier au réveil.

Seul, sur la table, le maillot de bain de Theci faisait désordre. Pedro fronça les sourcils. Claustrophobe, durant le séjour, elle avait préféré dormir à l'extérieur, sur la banquette étroite et inconfortable, pris ses douches avec un tuyau de rinçage, qui faisait office de pommeau. Pedro regarda autour du bateau, la mer paisible ne laissait rien apparaitre. La gorge serrée, il n'osait pas réveiller Jacky. Pourtant, l'inquiétude le gagnait de plus en plus. Que s'était-il passé hier soir durant son absence ? Auraient-ils eu… ? Non, non, pas lui, ni Theci. Elle était droite comme un i. Alors ? Le zodiac toujours attaché, elle n'aurait jamais pu s'en servir sans leur aide. Pedro se frotta le visage qui visiblement, par anxiété, se déformait. Jusqu'à présent, tout s'était déroulé sans accroc.

La tension montait. Perplexe, il n'osa pas frapper à la porte de la cabine de Jacky. Il patientait derrière la porte.

Soudain, comme s'il avait eu une intuition, Jacky sortit brusquement, sans faire de commentaire. Il aperçut, accroché au maillot de bain, un petit bout de papier griffonné qu'il lut à voix haute :« Défi relevé : la sirène est allée au fond de l'eau ».

Les deux hommes se regardèrent.

Alors que Pedro fouillait dans le regard de Jacky, Jacky, lui, cherchait une réponse dans les yeux de Pedro.

Et si la réponse était au fond de la mer…

Maintenant, est-ce que Pedro ne préférait pas la bière à l'eau ?

Ne jamais faire confiance aux vivants.

Épitaphes

Qui l'a invitée ?

C'est plus fort qu'elle, elle ne peut pas s'empêcher de se rendre intéressante. Une véritable Artémia, qui vous colle, vous suit partout, impossible de s'en débarrasser. Les gens dans la m…[4] elle les flaire. Elle va les chercher, quitte à s'en mettre jusqu'au cou. Elle leur téléphone pour prendre des nouvelles, avec son côté pathétique et sa question lapidaire : « Ça va ? », alors qu'elle s'en fiche éperdument. Ce qu'elle veut,

---

[4] Jeu du pendu, en cinq lettres

c'est entendre le mot fatidique : « Non ». Et boom ! Explosif ! Le regard qui crépite, ça déclenche chez elle l'effet d'une bombe.

C'est sa seule façon de donner un sens à sa vie. Quand les autres vont mal, elle accourt, elle pleure avec eux. Elle est incroyable, digne d'une psychologue de comptoir.

À l'aise dans ses baskets, elle vient perturber ma sérénité. J'ai fait un crédit pour ça.

J'étais un petit gabarit. En dépôt, il ne restait qu'un seul cercueil à ma taille, une caisse mal façonnée, par économie, mes enfants l'ont prise. Emballez, c'est pesé ! Rien d'excitant. Une simple question de moyens. J'avais eu un tout petit faible pour la montagne, l'odeur du bois, de la sève au printemps, de la moisissure au pied des arbres. J'aimais observer les minuscules insectes fourmillant dans les ronces. Là, je suis vernie : *« Chasse le naturel, et il revient au galop »*. Je viens d'apprendre qu'il y aurait de l'autre côté des conseillers psychologiques. Super tout est parfaitement organisé ! En résumé : ce qui se passe sur Terre, existe déjà dans des univers parallèles.

Rebelote, revoilà la belle-mère ! Elle se jette dans les bras de mon fils. Le ridicule ne tue pas sinon elle serait déjà morte.

C'est ma réception, la prochaine, c'est pour elle. Elle le sent.

Bras dessus, bras dessous, elle est venue parader avec son frère, le cureton. Pétard ! Il est toujours en vie celui-là !

Quand j'y pense ! Moi qui me réjouissais d'être au premier rang le jour de ses funérailles. Eh bien, elle, la grenouille de bénitier, m'a devancée. Je vais lui donner un avant-goût de l'enfer. Elle soufflera sur ses cloques le restant de ses jours. Elle n'a pas changé. Même coupe de cheveux, genre : Playmobil. D'autres diront une coupe au carré, hyper laquée, que même le mistral ne décoifferait pas. Son regard, identique, l'œil de Picasso pour être indulgente, c'est vraiment le regard d'une névrosée. Sinon, le terme exact, est : « Un œil qui dit merde à l'autre », moi, je le lui ai dit sans le regard, chacun son truc.

Je sais, je dois éviter tout dérapage, sinon mon ascension risque de partir en live, et je n'ai pas pour cette fois, envie de refaire le parcours dans l'autre sens. Tout ce boulot pour en arriver là ! Pas question de pointer à « Pôle au-delà ». J'ai voulu tester la méditation, et j'avoue qu'entre les whiskys et les bières, je ne sais plus lequel des deux était le plus efficace. Pas grave, ce n'est qu'une question de « foi ».

Ce soir, j'irai rendre visite à mes enfants, les apaiser, les rassurer, leur prouver que je serai toujours avec eux, leur dire comment ça se passe ici, dans les limbes ou les sphères célestes… Je n'y connais rien, mais surtout je crois que l'on n'est nulle part. On flotte au-dessus du globe. C'est tout. Je leur avais dit que dès que je passerai le tunnel, je me ferai livrer par « Chronoposthume », j'ai cassé ma tirelire, le cochon entier y est passé.

Aujourd'hui mon histoire se termine entre quatre planches, avec pour musique d'ambiance, ma préférée : la cinquième symphonie de Beethoven, accompagnée d'un poème de Victor Hugo, mon auteur fétiche.

Bingo ! Je le donne en mille : quel poème ma file va-t-elle lire ? Je l'admets, mon choix n'a pas été d'une grande originalité, entre « Demain dès l'aube » et la « Salsa du démon » ... À mon avis, il y en a qui ne sont pas encore prêts à apprécier mon humour. Bientôt, je ne serai plus à leurs côtés. Au début j'ai eu beaucoup de mal à tout lâcher. Rien qu'à y penser, j'en suis lacérée.

Je suis allée faire un tour du côté de chez moi, j'ai vu ma chatte. Elle m'a reconnue. Je savais qu'elle voyait des formes invisibles, ça lui arrivait de miauler dans le vide, tressauter la queue hérissée, d'être effarouchée en repérant une présence, Je me demandais ce qui avait pu la mettre dans un état pareil. Maintenant, je le sais. Je lui souris. Elle s'approche en ronronnant. Elle me transmet tout son amour. Je resterai sa mère, son unique. Elle me le jure. Elle aimait ma petite popote que je lui préparais.

Ces derniers temps, elle s'inquiétait, mes enfants lui filaient des croquettes à longueur de journée. Elle si précieuse, délicate, coquette, elle n'avait pas envie d'avoir le popotin de Nicky Minaj. Depuis mon départ, mes enfants pensaient qu'elle faisait une dépression. Alors, ils l'ont emmenée chez un éthologue, mais dès qu'il l'a approchée, elle s'est mise à feuler et à le griffer. Pour s'en débarrasser il en a conclu qu'elle n'avait aucune pathologie. Depuis, mes enfants la gavent. Elle espère refaire des petites balades en voiture. Elle adorait ça.

Je n'ai qu'un seul souhait : la garder près de moi, ainsi les heures s'écouleront plus vite.

Ma fille a terminé le poème, et déjà la vieille se jette de nouveau dans ses bras. Génial ! ma douce l'a évincée d'un revers de main. Elle lui a fait comprendre qu'elle n'est pas la bienvenue. Penaude, elle est retournée s'asseoir.

Mon fils s'approche de mon cercueil, d'un geste délicat il invite les intimes à déposer une orchidée blanche. Ma fleur …

Hier, j'ai eu droit à mon dernier film. J'étais la star de la journée, je n'ai pas eu mon cornet de pop-corn pour agrémenter la séance. Revoir mes dernières années, pas terrible, bof ! Rien de croustillant à me mettre sous la dent. Ma vie n'a duré que quelques minutes. C'est ça le jugement dernier, dépouillé de sa personnalité, nu, on ne plus se cacher derrière des mensonges, et on se retrouve face à soi.

Aujourd'hui, je suis un corps éthérique. Comme une bulle de savon, je m'éclate ailleurs.

N'y a-t-il qu'une seule destinée ? Aller tout au bout du tunnel, qu'on nommerait l'Avenir ? Pour le coup, le retour, je n'ai pas encore testé. Gentiment, on me souffle que le retour risque d'être sacrément compliqué. Est-ce que j'ai vraiment envie de revenir ? Nous avons beau savoir que nous ne sommes que de passage, on s'accroche à des croyances pour nous aider à oublier que notre vie nous mène inéluctablement vers le néant.

Brutalement, je me suis trouvée dépourvue de toute clarté. Par chance, une main charitable est venue à mon aide, et m'a remis sur le droit chemin. Oh, je ne suis pas restée longtemps ainsi, mais suffisamment pour ne plus savoir où aller.

Quand on est mort, on ressent absolument tout, les émotions, les pensées, les douleurs… Je suis convaincue qu'après leur mort, même les animaux font un voyage astral. L'occasion leur est offerte de se retrouver dans un monde parallèle, avec leur maître, ou avec ceux qu'ils aimaient. Dans la mort, nous sommes dans « l'inconscientracsience», traduction : « ႦᴧꙷСОШƁӡ∞Ꮆ », avec décodage : « Qui dépasse la conscience de la science dans le spatiotemporel ».

Te fatigue pas, c'est pas sur Wikipédia ».

Je me sens transportée ! Ah oui ! Ils sont quatre à me porter pour me poser dans le corbillard noir tout rutilant. Ils ont dû l'astiquer pendant la nuit. Pourquoi avoir choisi du noir ? Comme si ma condition ne l'était pas assez !

La voiture ralentit. Le cimetière ne doit plus être très loin. Je sens qu'elle s'arrête. Je vois le portail en fer, la peinture est délavée, écaillée, la rouille se charge du reste. Pas de jalousie, on est tous égaux devant l'Éternel. On finit tous rongés jusqu'à la moelle.

Mes enfants précèdent le troupeau de brebis. Derrière, les chèvres, en plus grand nombre, dispersées, restent au fond et n'écoutent rien. Jésus avait raison, les chèvres faut les mettre à gauche.

On me dépose délicatement. Les fleurs jetées frappent mon cercueil. Je me revois à travers la fenêtre de mon salon, contemplant un orage d'été, l'odeur des fleurs mouillées que j'aimais humer.

Ma zaza est là, de sa voix féminine, elle cite un texte que j'avais écrit. Elle dit que c'est son favori, qu'elle ne se lasse pas de le relire ! « *La mort vous va si bien* »[5]. Elle prétend qu'il m'allait comme un gant, que je n'avais jamais écrit une histoire qui lui tordait autant les boyaux. Moi aussi ça me les tord.

Je n'entends plus rien ! Mais que se passe-t-il ? Ils font quoi ? Ils sont tous partis ! Je suis dans le vide total. Le silence, l'obscurité, enfermée dans un caveau, où d'autres avant moi, dorment. Oui, je sais, c'est moi qui l'ai demandé. À choisir entre le feu et la terre... J'aurais préféré l'eau. Je rêvais de flotter sur le Gange. Trop cher. Je n'avais pas assez cotisé pour ma retraite, et Bénarès, même à vol d'oiseau, ce n'était pas gagné.

« *Rien ne te l'interdit.* »

D'où vient cette voix ? Qui m'a causé ?

---

[5] Tiré du film

« *Un ami qui te veut du bien.* »

Depuis quand j'ai des amis qui me veulent du bien dans l'au-delà ?

« *Depuis toujours !* »

Ça ne répond pas à ma question.

« *Je suis avec toi pour t'aider à trépasser, n'aie plus peur. Ici, tout est en apesanteur, léger, tu baignes dans la félicité.* »

Je n'aime pas le verbe trépasser, très passé, me plairait davantage.

Il m'a expliquée en détail comment ce sera après. Il me faudra me détacher de mes enfants. J'ai du mal à l'admettre. Je suis liée, trop tôt... La vie est une location, tout est loué pour une période déterminée. Puis, à la fin du bail, on fera l'état des lieux, ensemble, dit-il, si j'ai convenablement pris soin de moi et des miens, il me sera plus facile d'obtenir d'autres avantages. J'en suis ravie. Sauf que, le cas échéant, c'est la dette qui me pend au nez. Encore ! Rien n'arrêtera la fin de mon cycle. C'est écrit. Il me tranquillise. Dans une période relativement courte, je pourrai les contacter, et ensuite, espacer les visites.

Espacer... Et, … passer. Pour ma chatte, j'ai plus de chance de pouvoir la garder près de moi. Elle n'est pas dans ma dimension. Elle voit les spectres. Un jour, elle le deviendra, et elle aura le privilège de m'accompagner pour l'éternité, si tel est mon vœu. Il reste flou sur le futur, c'est top secret. Il m'est totalement interdit d'en savoir davantage. Il me dit que je ne suis pas tout à fait prête. À quel moment juge-t-il que je serai prête ? Mais rien n'est encore décidé. Il va m'aider. Je suis encore hésitante. Il est marrant, « iel ». J'aurais voulu le voir à ma place. Lui aussi paniquerait. Il a connu ça, il a été de chair. Tiens, il est « chelou », il ne me dit rien sur son CV. J'ignore tout de lui. Était-il un homme ? Une femme ? Un animal ? Une plante ? Un insecte, ou un revenant ?

« Ça ne te regarde pas ! »

Avant, personne ne me lisait comme dans une boule de cristal. N'étant qu'un humain, nous bénéficions de la protection de confidentialité des données personnelles.

« Ça c'était avant ! »

Merci Afflelou.

Il me dit que si je persiste à me torturer de la sorte, je vais tourner en rond, et la probabilité de devenir un fantôme pour aller la nuit tourmenter les humains dans leur sommeil, ne sera plus une éventualité, mais une réalité.

Oh my God ! Pitié, non !

Lui, n'aura plus l'opportunité de m'accompagner. Il ne veut pas s'abaisser. Il a trimé pendant plusieurs vies pour en être là. En toute franchise, ça lui ferait quoi de redescendre ? L'enfer, c'est ici, non ? Je comprends mieux pourquoi personne ne se bouscule pour revenir sur Terre.

La nuit est tombée. La lune d'un orangé éclatant, grimace au-dessus de ma tombe. Soirée Halloween en pyjama, sympa. Je n'ai pas de Chamallows.

Je veux aller chez moi, une dernière fois. C'est bon ! dit-il, champ libre à perte de vue, tu peux sortir à présent.

Curieuse ou mauvaise intuition, toute guillerette, j'ai regardé ma plaque de marbre, ma seule fierté posthume. Une vie entière à économiser pour avoir une belle carte de visite.

Déçue, la nuit, toutes les tombes sont grises. Dans sa bienveillance, il a éclairé les mots gravés par mes proches. Heureusement que je ne peux plus être cardiaque ! Un bouquet d'orchidées près de mes coordonnées : nom, prénom, date de naissance, (pour l'instant, rien à redire), mais après… J'avais beau cherché du côté verso, pas de tel ni de mail, pas de lien Facebook ni sur Insta, rien ! Oublié. Ils auraient quand même pu inscrire « artiste », un minimum ! Quelques inscriptions, oh ! des plus ordinaires. Leur souffrance est inscrite ici, et je vais me la coller ad vitae aeternam.

Je n'ai pas réclamé qu'on m'écrive des poèmes, j'aurais aimé percer les secrets de leur cœur, pas sur une pierre semblable à moi, froide, sans vie. Je me trouvais devant une tombe, la mienne, identique aux autres.

« Vous avez tous le même cliché, que votre mort est unique. Hélas, vous ignorez ceci, c'est que la mort est d'une banalité à en mourir ».

Très drôle, Cynique !

« Non, réaliste ! »

Je veux voir les miens ! Leur prouver que je suis encore près d'eux, leur apporter un peu d'espoir, me transformer en bonne étoile, en ange gardien, leur guide…

Ma chandelle s'est éteinte, elle a disparu. J'avais beau l'appeler par tous les patronymes trouvés sur le moteur de « Ethernet », elle est restée sourde à mes plaintes.

Elle m'a lâchée. OK. J'irai seule dans ma demeure, m'introduire dans leur intimité.

« *Si vous aviez la foi pareille à un grain de moutarde, vous diriez à cette montagne, transporte-toi* ! »

Merci Jésus. J'ai avalé le pot entier de celle de Dijon.

En quelques secondes, transformée en passe-muraille, j'ai pu traverser les murs de l'appartement. Tout à coup, mon petit environnement familier m'est devenu étranger. Est-ce normal ?

La première à m'accueillir a été ma compagne à quatre pattes. D'un miaulement strident, elle a prévenu mes enfants de ma visite. Ils se sont précipités, me cherchant du regard. Ils ne me voient pas. La lampe du salon obscurcit leur vision.

Je dois trouver un moyen de me montrer.

Mièle a tourné énergiquement autour de moi. Je comprends qu'ils ne me distinguent pas, j'ai fait disjoncter le compteur électrique.

« Ooohhh ! »

Ils ont sauté de joie, applaudi. Nous étions heureux de nous retrouver. Nul besoin de communiquer, nous nous comprenions, l'amour nous auréolait.

Merci à… « Je-ne-sais-pas-qui ».

Oh ! Comme j'aurais tant souhaité éterniser le privilège de vivre cet instant unique, suprême.

Je leur ai envoyé un message télépathique : « soyez rassurés, tout n'est que mirage, et la mort en est un ». D'un hochement de tête, j'ai saisi que mon mail spatio-temporel, est parvenu à mes destinataires. J'ai caressé ma chatte, de joie, elle a sursauté, elle s'est mise à se blottir contre mon feu-follet. J'ai délicatement posé ma main sur la joue de chacun de mes chérubins. Une forme laiteuse un peu opaque se reflétait dans leurs larmes. C'est moi ce machin ?

Avec la facilité d'une contorsionniste, je suis parvenue à écrire en grosses lettres avec l'encre de mon aura :

« JE VOUS AIME ».

Ils ont répondu : « Nous aussi, on t'aime ! »

Ils m'ont envoyé un baiser virtuel, un « like » dans l'univers. Je l'ai saisi en plein vol pour le coller sur mon cœur. Je ne l'ai pas entendu battre. Le leur résonnait dans la pièce semblable à un chant chamanique frappé sur un tambour.

Je n'ai pas pu croiser leur regard.

C'était trop pour nous. Fallait faire court.

Pas d'adieux pathétiques.

La fenêtre entrouverte n'attendait plus que mon envolée spectaculaire à la Batman. Je dois partir.

Comme une feuille légère, soulevée par le vent, je suis allée rejoindre les étoiles.

Le quatrième au fond du tiroir

Je n'avais rien demandé. L'oublié, un sans-intérêt, coincé avec d'autres qui souffraient dans cette triste condition. J'étais à l'étroit, j'étouffais, en sandwich entre les relevés de banque et le registre des comptes qui rabâchait en boucle, qu'il ne recevait plus de factures depuis des lustres. Franchement, j'en n'avais rien, mais rien à…

Puis, un jour, une aide providentielle a déboulé sans prévenir et m'a sorti du tiroir. Je n'avais jamais rencontré cette jeune femme auparavant, j'ignorais son existence, et je suppose, qu'elle aussi, m'ignorait.

Elle a dégagé le vieux qui radotait tout le temps. Sans ménagement, elle m'a attrapé avec ses griffes acérées. Elle a tiré sur une corde, qui à mon avis, en avait étranglé bien d'autres avant moi.

Elle venait de s'introduire dans l'intimité de « Maman ». Tout tremblant, son corps a bien failli se fissurer. Je ne saurais comment expliquer ce qui s'est passé entre nous deux, un air de : « déjà vu ». Sans aucune ambiguïté, nous nous connaissions.

…Je venais de purger ma peine, emprisonné de longues années en attendant des jours meilleurs. Pourtant, dans mes doléances de journal intime, en haut, en gros caractères gras, en majuscule, était inscrit de ne pas être dérangé par de drôles d'énergumènes. Uniquement les enfants avaient le droit de me lire.

J'étais quoi pour elle ?

Soudain, perdu dans de lointains souvenirs de jeune cahier vierge, je ne demandais qu'à recevoir. Je tentais de comprendre sa motivation à vouloir me découvrir. Elle était comme moi, paumée. Elle n'était pas tendre avec moi, je la sentais crispée. Nerveusement, elle tournait mes pages, lisait à voix haute les traces d'un passé douloureux.

Subitement, elle m'a fait peur. Elle a élevé la voix si fort que je n'avais qu'une envie, c'était qu'elle me remette dans ce fichu tiroir. En colère, elle a dit « Maman, je me fous de ce que tu as bien pu écrire ! » Mais, maman ! ce n'était pas celle qui avait écrit sur moi ? Quel lien y avait-il entre nous trois ? Sa respiration était saccadée comme un animal en chasse cherchant un refuge pour se dérober face à la mort. Je tremblais entre ses mains. Je sentais ses ongles s'enfoncer dans mes pages. Elle me froissait.

J'y étais pour quoi ?

Elle s'était assise en me posant sur ses genoux. Je sentais bien sur moi son dur regard frisant la folie. Dès cet instant, bloqué contre elle, j'ai désiré son sein gonflé lourd et puissant qui tambourinait fort. Elle m'a offert le plus grand et le plus beau des cadeaux : me libérer de mes mystères, dont seule maman était l'auteure. En les prononçant, elle a déverrouillé une valve, il n'y avait plus de séparation entre elle et moi. En un instant, elle venait d'ouvrir la boîte de Pandore, et à cœur ouvert, elle lisait tous mes secrets, des vérités dont j'étais le gardien.

J'ai récupéré toutes les gouttes déversées de son cœur, elles me transperçaient. C'était émouvant et étrange à la fois. J'avais un petit puits de larmes salées, je ressentais leur chaleur et leur douceur. Elle m'a dit que je n'étais pas extraordinaire. Elle s'imaginait quoi ? Déçu, je croyais l'être. Pourtant, l'extraordinaire était entre ses mains. Toucher les pages d'un livre était aussi sensuel que de caresser une peau satinée. Le froissement du papier composait un son mélodieux qui m'apaisait. Il dégageait le parfum de la mémoire des années passées.

« Moi aussi, je vais écrire mes mémoires ! », a-t-elle hurlé.

Pitié ! Pas sur moi ! Choisis un autre cahier, merci. Je ne veux pas être le souffre-douleur intergénérationnel, le bouc émissaire à perpète, ça va, j'ai déjà donné.

Elle s'est pris la lecture comme une rafale de claques, elle ne s'attendait pas à ça.

Elle espérait quoi ?

Elle paraissait s'enfoncer en moi, très absorbée par la lecture et l'envie d'aller jusqu'au bout. Probablement, ses yeux cernés par des nuits sans sommeil, ne lui donnaient pas une bonne lecture. L'ombre de son corps peu à peu, épousait l'obscurité. Elle avait crucifié le temps sur ses lèvres, il ne demandait qu'à mourir.

Elle s'est relevée, elle a frotté ses yeux, et d'un claquement sec, elle m'a refermé, et s'est écriée : « Basta ! » Tout à coup, je me suis retrouvé en lévitation. Ah oui ! Elle venait de me remettre dans le tiroir aussi noir que ses pensées. Pourquoi avoir choisi du noir ? Comme si la situation ne l'était pas assez.

...Notre histoire n'avait duré que le temps d'une crise d'hystérie. Décevant. Nous avons beau savoir que nous ne sommes pas éternels, nous aimons faire semblant d'y croire.

Cette fois, elle m'avait posé au-dessus d'un tas de paperasseries qui m'étouffaient. D'avoir suscité autant de réaction, m'avait retourné les maux. Impuissant, je ne pouvais pas interagir.

Pour la première fois depuis tant d'années, à croupir sous la chaleur dans l'obscurité avec les petites bestioles qui me chatouillaient, je me trouvais, en première position et non en fin de série, seul point positif.

Pendant des mois, patiemment, j'ai espéré la revoir. Dans cette interminable attente, il m'arrivait d'entendre des pas ou le grincement du tiroir, qui systématiquement me donnaient le faux espoir de me replonger dans son regard. Pour elle, j'avais été le lien qui la rattachait à des souvenirs lointains. De façon involontaire, j'étais devenu un bourreau des cœurs.

J'ai attendu… Attendu… Longtemps.

Je ne l'ai plus jamais revue.

Comme maman, elle aussi m'avait abandonné.

J'ignorais depuis combien de temps je n'avais plus eu de visite. Lors de ma dernière aventure, j'avais craint que la jeune fille fasse de moi un feu de joie. Soulagé de ne plus subir ses élans de folie, je ne l'avais cependant pas oubliée.

…Après tant de patience et d'espérance, le tiroir a grincé. J'ai aperçu une ombre se mouvoir et s'amuser avec le contre-jour.

Une poigne ferme m'a attrapé, j'étais en lévitation, suspendu au-dessus de la commode. Je prenais conscience que je n'étais plus enfermé, juste prisonnier entre des mains inconnues. Un souffle vigoureux m'a envoyé une haleine aillée, je l'avoue hyper désagréable, soulevant la poussière qui de jour en jour, obscurcissait ma vue. Avec vigueur, on me frottait la couverture. Que c'était bon ! Et, oh surprise ! Un tout nouveau visage se présentait à moi. Une main s'est glissée sous la ficelle et l'a fait sauter d'un seul coup. Un bruit sec a résonné dans l'air. Génial ! On venait de me libérer. Mon cœur a rebondi de joie à la vue du nouveau venu, dont les traits me semblaient familiers. Oh ! son regard… Son visage… J'ai craqué ! Aucun doute sur son identité, c'était un beau jeune homme.

Il m'a délicatement posé sur une petite table cirée, elle avait cette odeur de bois vieilli qui m'était familière. J'aimais cette odeur. Il s'est penché sur moi, m'a ouvert en deux. Allait-il me disséquer ? Il a pris un vieux chandelier en argent, lui aussi je l'avais déjà vu. Il a allumé une bougie pourpre, et aussitôt, la flamme s'est élevée. Elle semblait lui lécher son beau minois. Comme j'aurais aimé être à sa place. J'étais sous le charme. Je ne m'attendais pas à ce qu'il me saisisse page par page. Elles se collaient à son index humide. Au fur et à mesure, ses yeux me parcouraient d'un va-et-vient continu à me déstabiliser. Que lisait-il en moi que j'ignorais ? J'appréhendais de voir sa figure se déformer, le voir pleurer, crier, lors de l'expérience précédente avec l'autre. Non, des petits sourires en coin. Il ne disait rien. Parfois, il lâchait quelques soupirs qui me soulevaient une feuille, mais aucun signe d'inquiétude. Zen. Pas de crispation.

Il a allumé une cigarette, il m'a envoyé de petites bouffées. Je reconnaissais l'odeur de maman, J'aimais aussi quand elle me grattait le papier avec une plume. Lui, avait ravivé en moi cette délicieuse sensation.

… Tout à coup, je me suis trouvé en lévitation. Ah oui le bruit, l'encre distillée sur moi, l'odeur de l'alcool, j'en buvais peu à peu, ne laissant que l'empreinte des maux qui rongeaient l'auteure depuis tant d'années. J'avais été son punching-ball. Quand elle écrivait, elle se défoulait sur moi, et moi, je ne bronchais pas. Je sentais qu'il y avait beaucoup de similitudes entre elle et lui.

J'avais la terrible intuition de ne plus être le secret comme maman me le disait, elle qui, à chacune de ses visites, me répétait sans arrêt que j'étais son unique, son bébé. Je devenais désormais une révélation. Je livrais les confidences d'un être, qui pendant de longues années, n'avait joué qu'un rôle, celui de maman, la leur, la mienne.

Lui, ne manifestait aucun signe de contrariété ni de peine. En avait-il au moins ? Qui étais-je véritablement pour eux, au point de chercher à me déshabiller, m'exposer à leurs regards, me scruter, me dépouiller ? Une véritable torture. Maman leur avait donné la permission de me lire « une fois partie ».

Elle aurait pu me prévenir. J'abhorrais cette situation et comprenais qu'on ne me laissait pas d'autre choix que de la subir.

Il a tiré la chaise pour la rapprocher du bureau, le parquet en bois en a souffert. Il m'a collé sur sa poitrine, je ressentais les battements de son cœur. Une senteur boisée mêlée à celle du tabac me donnait un goût sauvage, de nature. Il me mettait dans un sacré embarras, j'étais déstabilisé. Je ne savais plus qui j'étais à ses yeux. La fille, elle au moins, n'avait pas tergiversé, pas de détours, une bonne colère et elle était passée à autre chose, m'abandonnant à ma solitude et à mes souffrances.

Et, sa cigarette à peine consumée, qu'il enchaînait sur une autre. Il était étonnant. Bizarre. Il se passait la main dans les cheveux, ça voulait dire quoi ?

Franchement, ça devenait de plus en plus angoissant : le balancement incessant des yeux ; la cigarette ; la bougie qui fondait sous son visage angélique ; le tiroir ouvert ; le tapotement des doigts de sa main sur la table, quelques soupirs lâchés de ci de là…

Montrerait-il de l'impatience ? Il se raclait la gorge…
Je n'avais pas appris tous les langages du corps, je n'y
étais pas habitué. J'étais assez limité dans mes actes :
je m'ouvrais, on me remplissait et on me refermait,
c'était pourtant simple.

… Tout à coup, je me suis efforcé de comprendre ce
qui pouvait bien se passer dans leur crâne, et de
deviner ce qu'ils ressentaient. Est-ce qu'ils avaient
conscience que s'ils n'écrivaient pas sur mes pages,
je n'aurais aucune trace de leur passé.

Elle et lui me faisaient regretter l'époque où je
m'ennuyais. Finalement, l'ennui ne tue pas. J'étais
bien. Personne ne savait ce que je cachais, personne
pour me violenter, personne pour me dévisager des
heures durant sans savoir pourquoi je les mettais dans
des états pareils. Et lui, silencieux, sans froncer les
sourcils, montrait juste des signes d'agacement. Pour
le coup, j'étais paumé.

Sa cigarette rougie par de longues taffes, à présent,
m'indisposait. Là, Je n'en pouvais plus. D'un geste
agacé, il l'a écrasé sur moi ! Il m'a fait un trou ! Un

énorme trou au centre de mon histoire ! Et ça le faisait rigoler ! C'était bien pire que ce que je redoutais. Qu'est-ce que je lui avais fait ?

…Brusquement, il a poussé la chaise, cette fois, à faire hurler le parquet, et s'est levé droit comme un i. Ça ne sentait pas bon du tout. Il m'a arraché les pages une par une en me fixant. Oh Madre de Dios! Mais qu'avait-t-il fait ?

…Pourquoi ne disait-il rien ? Pourquoi ?

Des années que je moisissais dans un tiroir. Je n'existais plus pour eux, et je ne sais par quel hasard, ils m'avaient retrouvé. Qui leur avait dit où j'étais planqué ? Désormais, voilà comment j'étais devenu, éparpillé, maltraité. Il était complètement cinglé ! Il était pire qu'elle !

Qui allait me venir en aide ?

Mais où était donc passée ma maman ? Pourquoi ne se précipitait-t-elle pas pour me secourir ? Ces deux loustics, lui auraient-ils fait subir la même chose ? Ça expliquerait tout. Elle avait dû finir comme moi, déchiquetée, dispersée, à l'étroit dans une boîte noire… Ensuite, ensuite… Juste ciel !   Qu'allait-il se passer ?

J'étais bouleversé, ébranlé, agité, flûte ! il l'a vu. Des feuilles tombées au sol avaient échappé à sa vigilance. Trop tard, il les a aperçues. Il les a ramassées. Il m'a rassemblé pour me transformer en une énorme boule. Oh non ! Pas ça ! Je n'apprécie pas du tout cette position. Jusqu'où allait-t-il aller ?

Ouf ! Il venait de me tourner le dos. Quand partirait-il et me ficherait la paix ? Qu'attendait-il pour dégager d'ici ? Je n'aimais pas ça du tout. Maintenant, Il se frottait la tête. Ça voulait dire quoi encore ?

Finalement, il est sorti. Ah ! Incroyable ! il ne comprenait pas vite.

… Enfin seul ! Bon sang ! Qu'il m'oublie !

Ces deux-là, je ne voulais plus jamais les revoir. J'étais à bout de page. Et moi par tous les diables, qui tentais de reprendre ma forme initiale.

Quelques feuillets s'étaient détachés d'eux-mêmes parce qu'il n'avait pas resserré assez fort. Malheureusement, à présent, ils étaient irrécupérables. Je ne préférais pas voir les dégâts, car je risquais fort de ne plus m'en remettre. Et lui, qu'allait-t-il faire de moi ? Me laisser comme ça, avec la bougie à côté de moi qui me narguait en se tortillant dans une danse frénétique. Inadmissible ! Aucun sentiment, aucune compassion.

J'étais devenu les résidus d'un souvenir, un remplissage d'émotions. J'appartenais à une autre personne, mais eux, je ne leur appartenais pas. Ils n'avaient même pas vu que sur la première page, il y avait un mot qui leur étaient destiné. Ça sert à quoi d'écrire ses mémoires si personne ne les lit ? Allait-t-il m'oublier ? Je ne voulais pas être exhibé de la sorte à la merci de n'importe qui.

Des pas lourds qui, de plus en plus se sont rapprochés, faisaient écho dans toute la pièce.

C'était lui ? Il revenait, c'était lui ! Il tenait une chose étrange entre ses mains, assez grosse, noire, ronde… Un objet non identifié. Il a ouvert la fenêtre, merci ! Le parfum fruité me donnait vraiment la nausée. Il m'épargnerait ce supplice ?   Alors, je me serai emballé pour rien ?

Quelle imagination ! Ça se voyait que j'appartenais à une écrivaine. Des idées, elle n'en manquait pas.

Dans sa tête, ça galopait, tout allait trop vite pour moi, et pour elle aussi. Elle aurait dû suivre les recommandations d'un ami : « Pourquoi tu ne te sers pas de l'ordinateur ? », elle avait répondu : « Je suis une nostalgique inconditionnelle du papier, Je préfère l'authentique, les bonnes vieilles méthodes. Pour moi, l'ordi, c'est trop impersonnel et s'il y a un problème informatique, je risque de perdre tous mes fichiers. »

Elle avait raison, le papier c'est plus noble.

Il a regardé par la fenêtre pour s'assurer qu'il était seul. Oui, je croyais deviner qu'il ne voulait pas être repéré. Évidemment, avec le mauvais quart d'heure que je venais de passer. Si quelqu'un apprenait le mal qu'il m'avait fait, il se retrouverait certainement comme moi, dans un endroit étroit, entassé avec des inconnus, ficelé, au bord de l'asphyxie, sans personne pour te rendre visite. Toutes tes journées à attendre, tu ne sais pas qui, mais tu attends, car tu sais pertinemment que tu passeras le restant de tes jours, à ne rien faire d'autre. À mon avis, ça lui pendait au nez. S'il ne voulait pas d'ennuis, il avait intérêt à faire gaffe.

Sans que je puisse me défendre, il m'a mis dans la chose arrondie, il a saisi le chandelier. La bougie était toute recroquevillée, elle avait rapetissé. J'ai vu s'élever au-dessus de moi une épaisse fumée opaque, et lui, qui applaudissait. Ça puait le cramé dans toute la pièce. La bougie était complètement écrasée sur moi. Mais qu'est-ce qu'il avait fait ? Je n'arrivais plus à bouger. J'étais tétanisé.

Et sans crier gare, la fille est réapparue. Ça faisait des plombes que je moisissais dans ce tiroir. Elle refaisait surface. Elle allait sûrement me sortir de cette affaire.

Elle l'a entouré de ses bras, et sur son cou, Elle a déposé un bisou comme un papillon sur une fleur, et elle lui a dit : « Merci ! ».

Putain ! Mais merci de quoi ?

Il s'est emparé de la bassine où la bougie et moi, étions en mauvaise posture. Il nous a laissés sur le bord de la fenêtre. Ils ont quitté la pièce.

La porte a claqué.

Dehors, un vent léger soulevait des morceaux de mes feuillets brûlés qui partaient en fumée.

La bougie m'a laissé un large sourire.

Grâce à elle j'avais compris le
but de mon existence.

Rendez-vous au Louvre

Quel bonheur ! Reconfinés, le pied ! La paix, quoi. Marre de voir défiler tous ces touristes leur Samsung à la main, s'agglutiner autour de moi, me mitrailler, me forcer à leur sourire toute la journée. Condamnée pour l'éternité à ne plus bouger. J'en ai des ridules aux commissures des lèvres.

Des visiteurs, j'en ai eu, venus des quatre coins du monde, et j'en ai vu aussi de toutes les couleurs. Oh, je n'espérais pas grand-chose, juste un peu de répit. Le confinement était une bénédiction, plus personne dans le musée, enfin le silence ! Je me disais qu'ils finiraient bien par se lasser, et une fois le confinement terminé, ils m'auraient vite oubliée, absorbés par les obligations journalières, ils vaqueraient à d'autres occupations. Eh bien non ! Une fois la liberté retrouvée, les vannes ouvertes, ils se sont rués vers le musée, comme s'ils passaient à côté de l'affaire du siècle. J'avoue que cela me flattait beaucoup.

Puis, d'année en année, avec ces interminables passages, j'étais devenue l'attraction du Louvre. Je ne supportais plus tous ces visages. Ces rires m'épuisaient. J'étais sans cesse bombardée, j'aurais voulu crier… J'attisais des jalousies. Les tableaux m'insultaient, ils voulaient que je disparaisse à jamais. S'ils savaient par où j'étais passée…

Ballottée toute une vie sans jamais connaître, comme mon maître, le repos.

Petite anecdote pour planter le décor : « Une nuit, en pleine guerre mondiale, on m'a volée au Louvre. Ensuite, je me suis retrouvée châtelaine, c'était bien. Je n'ai pas eu le temps de savourer mon petit bonheur, qu'immédiatement, on m'a vite expédiée au Musée d'Ingres. Mon aventure aurait pu se terminer là… Mais le pire arrivait.

Un jour, un amant, sorti de Calcutta, m'a jetée de l'acide. Jaloux de savoir qu'un autre pourrait m'avoir, il a bien failli me défigurer. Je n'ai pas eu le temps de me ressaisir. Après ça, les catastrophes se sont enchaînées. Un autre individu, que personne n'avait vu arriver, a déboulé avec les poches archipleines de cailloux. Apparemment ce n'était pas un coup de folie, mais un geste prémédité. Il avait bien préparé son coup, et il m'a caillassée.

J'ai horriblement souffert de l'épaule gauche pendant longtemps.

Un médecin s'est penché sur mon cas, et avec douceur, patience, et je crois, avec amour aussi, il m'a passée au bistouri. Il m'en a remis une sacrée couche. Il était si fier du résultat, qu'il m'a embrassée avant de me rendre à mes propriétaires. J'adorais l'odeur de térébenthine, et la pâte colorée qu'il ajoutait par petites touches, avec ses doigts fins et délicats. »

Ah ! S'ils s'imaginent que je suis sourde, eh bien ils se trompent. Ce n'est pas parce que je ne peux rien dire que je n'entends rien, les murs ont des oreilles, c'est bien connu. Toute la journée, les commentaires fusent dans toutes les langues, genre : « Elle est moche ! », « Je la voyais plus grande ! », « Je ne sais pas ce qu'on lui trouve », « Je l'imaginais plus féminine. ». « Mouais... Bof ! », « Des rumeurs disent que c'est le sourire de Léonard ! ». Ô combien de débats inutiles autour de mon sourire énigmatique.

Ici, les jours et les nuits sont d'une interminable monotonie.

La burqa à la Madone ne me plaît pas. Je ne suis plus d'actualité. Sincèrement, aucune femme n'aimerait me ressembler. Jean Harlow, ou la Monroe ont été copiées, et des Monroe, il y en a eu des milliers. Qui n'a pas sa Marilyn au-dessus du lavabo collé sur le miroir de la salle de bain ?

En définitive, j'ai pris la place du maître, je l'ai phagocyté. Quand on parle de Vinci, c'est moi qu'on imprime, pas lui. Léo, je l'ai dans la peau. J'ai tout de lui : son visage, ses lèvres, il est partout sur la toile. Il me colle tout le temps. Je ne suis pas plus utile qu'un poisson rouge dans un bocal. Sauf que là, ce sont les autres qui tournent autour de moi, et moi, je les suis du regard. Pourquoi ne suis-je pas une Marianne comme celle de Delacroix ? J'aurais défilé le nichon à l'air avec ma tronche de révolutionnaire, en revendiquant les droits de l'homme ! J'aurais eu le Vatican à mes trousses, et la tête de mon Léo mise à prix. Au moins, on aurait fait la une des journaux ! Pour le coup, je ne sers strictement à rien, je me sens *RIDICULE !*

Soudain, perdue dans un soliloque de ma misérable condition d'œuvre, j'ai tenté de trouver une motivation profonde qui donnerait un sens à ma présence, dans ce lieu que je maudissais tant. Une étincelle, ou un élan de passion, ou la recherche d'une nécessité, qui me donnerait envie de rester.

Et là, j'ai vu arriver un petit bout de femme passer devant tout le monde. Sans crainte de se faire refouler, elle s'est postée devant moi, et m'a longuement regardée. Cet instant sera à jamais gravé dans ma mémoire. Pour m'approcher, elle aurait troqué son âme avec le Diable.

Avec son index, un œil fermé, elle désirait caresser mes lèvres. Tout d'abord, J'ai cru qu'elle se payait ma tête, car son visage était passé par toutes les expressions pour essayer d'imiter mon sourire, mais probablement pressée, ou stressée de ne pas pouvoir arriver à ses fins, elle s'est emballée. Elle est allée droit au but. Elle m'a fait le topo de sa vie, pas très joli. Dans un langage de charretier, elle a hurlé, qu'elle n'en avait rien à foutre de ce qu'ils pouvaient penser. C'était qui « ils » ?

En quelques minutes, elle a tout dégommé : son enfance dans une famille d'immigrés, la honte. Beaucoup de honte. Le mot revenait comme un leitmotiv. Honte de vivre au milieu d'une bande de tarés qui n'aimaient ni Hugo ni Baudelaire. Elle m'a croqué le portrait d'une famille meurtrie dont elle était une fin de cycle. Tout était étalé, son histoire, son passé, ses souffrances, son désespoir.

Tout d'abord, j'ai cru à un jeu, mais son visage déformé par le mal qui l'habitait, m'a fait soudain réaliser, que le pire était à venir.

Tout tremblant, son petit corps frêle et fragile, a bien failli se briser. Je ne saurais expliquer l'attirance entre elle et moi, sûrement un truc chimique. Comme une boule de flipper, elle a littéralement percuté mon cœur. Elle s'est assise en tailleur, son regard noir scrutait le mien, elle aussi « made in spaghetti ». Elle avait des lèvres couleur *Pomodoro* et un parfum de basilic, hum ! Mamma Mia ! Elle a fissuré mon vernis, par tant de pleurs. J'aurais voulu lécher ses larmes salées, je suis certaine qu'elles m'auraient rendue à la vie. Elle a déchiré le silence. Elle s'est vidée de tous les mots encombrants son être. Tout était là, par terre. Je serais bien descendue de mon clou pour la consoler, mais moi aussi j'étais emprisonnée. Elle m'a doucement, mais suffisamment pour que je l'entende, appelée maman, elle m'a appelée MAMAN ! Elle m'a dit qu'elle me pardonnait pour tout le mal et le bien que je ne lui avais jamais fait.

Elle aurait simplement voulu un « je t'aime ». Pour moi, elle aurait déchiré le ciel, pour voler toutes les étoiles que Dieu se gardait pour lui. Elle m'a offert le plus grand et le plus beau des cadeaux, l'amour des mots. En les prononçant, elle a créé un lien dans l'univers pour nous rapprocher elle et moi, du langage divin.

Elle voulait être à l'image de ce que je représentais, une sainte. Elle aurait aimé être un homme pour tuer son père, et préféré la prison à une vie de galère.

À ses pieds, une mare de larmes noyait sa peine. Elle suppliait qui voulait bien l'entendre, d'échanger sa vie contre la mienne, même suspendue par un crochet, tel un saucisson (comme je le suis actuellement). Immortaliser cet instant dans l'univers, lui aurait été une bénédiction, mais pour elle, vivre était sa crucifixion. Elle a répété pardon, peut-être mille fois. J'ai fini par ne plus les comptabiliser. Elle était comme un chien, la truffe au sol, à flairer l'odeur de l'amour.

Tous, les autres, les siens, les amis, les voisins, tous quoi... Eux, l'avaient oubliée, rejetée, car à travers elle, ils ne retrouvaient pas leur identité. Personne n'était intervenu quand elle avait dormi dans la rue, seule, dans le froid, personne pour lui dire :

« Nous, on est là ! », pendant que ces gens-là, à Noël, avaient la bouche pleine de pâté Olida.

Elle m'a appelée Marie. Je n'ai pas osé lui dire, que moi, c'est Mona. OK ! Marie ça me va. Je sentais qu'il ne fallait pas la contrarier. Personne autour d'elle ne lui a demandé de fermer sa « gueule » une bonne fois pour toute, pas même le guide qui continuait ses explications en espagnol. Tout le monde s'en contrefichait. Personne pour lui donner un mouchoir, pour essuyer sa stalactite de morve suspendue sur son joli petit nez en trompette. Ils étaient tous pathétiques. J'en avais des haut-le-cœur. Ils étaient sans pitié à la regarder. Je me suis dit dans mon for intérieur : « Et toi là-haut, ne l'envoie pas au ciel, elle va leur mettre une sacrée raclée ! »

Elle a fait un grand plongeon dans son âme pour aller pêcher un bordel nommé « enfance ». Dans son regard, nichait la folie. Moi, clouée, j'aurai bien pris mon cadre à mon cou. Non, elle n'avait pas de colère, pas de haine. Elle voulait juste un pardon. Pardon de ne pas avoir été aimée, pardon d'exister. C'est tout.

Une fois terminé, elle a dit : « Merci de m'avoir écoutée. » Elle s'est relevée, des colombes plein les yeux se sont envolées vers les cieux, et d'un geste apache, elle m'a fait ses adieux. La foule s'est séparée en deux, on aurait dit Moïse lors de la traversée de la mer rouge. Un silence de mort régnait dans le Louvre.

Sous une pluie d'applaudissements, comme un véritable battement d'ailes, elle s'est glissée vers la sortie. Avec grâce et légèreté, son corps a disparu.

Durant sa fuite, elle avait dû voler mon sourire, car un petit enfant choqué, pointait du doigt ma bouche.

Chaque jour, pendant des mois, je n'ai eu cesse de la revoir, parfois me surprenant à entrevoir l'ombre illusoire de l'espoir.

J'aurais crié pour qu'elle revienne, j'aurais tant voulu lui dire :

« Je t'aime ».

Grâce à elle j'avais compris le but de mon existence : donner un sens à celle des autres.

Parutions

1984 : Le Cri
   Ed. Saint-Germain-des-Prés

2012 : To be or not to be
Ed. Persée

2014 : L'Absolu
 Ed. Abatos

 2016 :Souris et tchat
Ed. Abatos

2018 : Près des étoiles
Ed. Auteurs des régions et des Terroirs

2020 : La Bûche
Editions Maïa

2023 : L'Académie de l'être

Ed. BOD